主編：陳大為、鍾怡雯

華文新詩百年選

中國大陸卷

貳

編輯體例

一、時間距度：以一九一八年為起點，到二〇一七年結束。

二、地理範圍：以臺灣、香港、馬華、中國大陸等四個創作質量較理想，而且學術研究成果已具規模的華文文學區域為編選範圍。歐美、新加坡等東南亞九國的華文文學，不在選文範圍內。

三、選文類別：以新詩、散文、短篇小說為主，在特殊情況下，節錄長篇小說當中足以反映全書敘事風格，而且情節相對獨立的章節。

四、編選形式：以單篇作品為單位，透過編年史的方式，讓不同時代作品依序登場，藉此建構一地文壇的百年文學發展脈絡。百年當中，總會有幾個時期的整體創作質量，或直接受到政治局勢左右，或受二戰的戰火波及，而導致嚴重的崩壞；但也總會有那麼幾個時代人才輩出，而且出版業興盛，每個「十年」（decade）的選文結果因此不盡相同，不過至少會有一兩篇重要的作品負責呈現那個「十年」的文學風貌，或文學浪潮。在此一理念下建構起來的百年文學地景，應該是相對完善的。

五、選稿門檻：所有入選作家必須正式出版過至少一部個人作品集，唯有發表於一九五〇年以前的部分單篇作品得以破例。

六、選稿基礎：主要選文來源，包括文學大系、年度選集、世代精選、個人文集、個人精選、期刊雜誌、文學副刊、數位文學平臺。至於作家及作品的得獎紀錄、譯本數量、銷售情況、點閱與按讚次數，皆不在評估之例。

七、作家國籍：華人作家在過去百年因國家形勢或個人因素，常有南遊北返，或遷徙他鄉的行述，部分作家甚至產生國籍上的變化。在分卷上，本書同時考慮「原國籍」、「新國籍」、「異地定居」、「長期旅居」等因素（不含異地出版），彈性處理，故某些作家的作品會分別出現在兩個地區的卷次。

目次

貳

華文文學・百年・選

《華文文學百年選》是一套回顧華文文學百年發展的大書，書名由三個關鍵詞組成，涵蓋了全書的編選理念。

先說華文文學。在中港臺三地以外的華人社會，華文是一顆文化的種籽，從華文小學到華文中學，從華語到華文課本，「華」字的存在跟空氣一樣自然，一般百姓不會特別去思量它的命名有何不妥。華語文不但區隔了在地的異族語文，其實也區隔了文化中國這個母體，它暗示了一種「海外」獨有的、在地化的「非純正中文」或「非純正漢語」，日子久了，發酵成像土特產一樣的腔調。

在一九八〇年代進入中國學術視域的「華文文學研究」，不包括中國大陸的境內文學，因為那是「中國文學研究」，臺港澳文學後來跟海外華文文學融為一體，統稱為華文文學。當時臺灣學界不重視這個領域，命名權自然被中國學界整碗端去，先後成立了研究中心、超大型國際會議、專業學術期刊，甚至主動撰寫各國文學史，由此架設起一個龐大的研究平臺，「世界華文文學」遂成囊中之物。華文文學自此獲得更多的交流與關注，學科視野變得更為開闊，我們對東南亞華文文學的研究，確實獲利於此平臺，中國學界的貢獻不容抹煞。不過，「海外」華文文學詮釋權旁落的問題十分嚴重，除了馬華文學有能力在一九九〇年代奪回詮釋權，其他地區至今都沒有足夠強大的本土研究團隊跟中國學界抗衡，發不出自己的聲音。世界華文文學研究平臺，是跨國的學術論壇，也是話語權的戰場。

近十餘年來，有些學者覺得華文文學是中共中心論的政治符號，必須另起爐灶，重新界定了「華語語系文學」，它的命名過程很粗糙且漏洞百出，卻成為當前最流行的學術名詞。它建基於學理和心理上的「雙重反共」，在本質上並沒有改變任何東西，沒有哪個國家或地區的華文文學創作和研究從此改頭換面。

再度把鏡頭轉向廿一世紀的中國大陸，情況又不同了。原本屬於海外華人專利的「華語」，被中國民間商業團體改了體質，撐大了容量，成了現代漢語全球化的通行證，華語吞噬了漢語的概念版圖，一個懷抱天下的「華語世界」在中國傳媒界裡誕生。其中最好的例子是「華語電影傳媒大獎」（十七屆）、「華語音樂傳媒大獎」（十七屆），和「華語文學傳媒大獎」（十五屆），全都是包含中國在內的影音文學大獎；如果再算上那些五花八門的全球華語詩歌大獎，即可發現華語在非官方的日常使用領域中，正逐步取代漢語或普通話，尤其在能見度較高的國際性藝文舞臺。

我們以華文文學作為書名，兼取上述華文和華語的慣用意涵，把中國大陸涵蓋在內（一如我們主辦的「亞太華文文學國際學術研討會」），強調它的全球化視野。這種視野同樣體現在馬來西亞「花踪世界華文文學獎」（九屆），卻在臺灣逐步消失。鎖國多年的結果，曾為全球華文文學中心的臺灣離世界越來越遠。

這套書的最大編選目的，不是形塑經典，而是把濃縮淬取後的華文文學世界，以編年史的形式帶進臺灣書市，學生和大眾讀者可以用最小的篇幅去了解華文文學的百年地景——展讀中國小說家如何歷經五四運動、京海之爭、十年文革、文化尋根，和原鄉寫作浪潮的衝擊，如何在新世紀開創武俠、科幻、玄幻小說的大局；或者細讀香港文人從殖民到後殖民，從人文地誌到本土意識的敘述；以及歷代馬華作家筆下的南洋移民、娘惹文化、國族政治、雨林傳奇。當然還有自己的百年臺灣文學脈動。

現代百年，真的是很長的時間。

這百年的起點，有幾種說法。在我們的認知裡，現代白話文的源頭來自白話漢譯《聖經》及晚清傳教士的衍生寫作，當時有些讚美詩的中文／中譯，已經是相當成熟的「歐化白話」，胡適不過借用現成的歐化白話來進行新詩習作，從這角度來看，《嘗試集》比較像是一筆重要的文學史料或遺產。真正對中國現代文學寫作具有影響力並產生經典意義的，是一九一八年魯迅發表的〈狂人日記〉，此文正式揭開中國現代文學乃至全球現代漢語寫作的序幕，是歷久不衰的真經典。故本書以一九一八年為起點，止於二〇一七年終，整整一百年。

百年文學，分量遠比想像中的大。

我們在過去二十年的個人研究生涯中，花了一半的心力研究中國當代小說、散文和詩歌，另一半心力則投入臺灣、香港、馬華新詩及散文，有關新加坡、泰國、越南、菲律賓的研究成果不及一成，北美和歐洲則止於閱讀。上述研究成果，以及我們過去編選的二十幾冊新詩、散文、小說選，都是這套大書的基石，編起來才不至於太吃力。經過一番閱讀與評估，我們認為只有中、臺、港、馬四地的文獻資料是相對完整的，文學史的發展軌跡十分清晰，在質量上足以獨自成卷，而且我們長期追蹤它們的發展，不時選取新近出版的佳作來當教材，比較有把握。歐美的資料太過零散，東南亞其餘九國都面臨老化、斷層、衰退的窘境，即使有很熱心的中國學者為之撰史，甚至編選出文學大系，但質量並不理想。我們最終決定只編選中、臺、港、馬四地，所以不冠以世界或全球之名，只稱華文文學。

最後談到選文。

每個讀者都有自己的好惡，每個學者都有自己的一部（沒有寫出來的）文學史，大家總是對別人編的選集產生異議。文學本來就是主觀的。為了平衡主編自身的個人口味與好惡，我們初步擬好隱藏其後的文學史發展架構，再從各種文學大系、年度選集、世代精選，選出部分被各地區的主流論述認可的經典之作；接著，從個人文集與精選、期刊雜誌、文學副刊、數位文學平臺，挖掘出能夠跟前者並肩的佳作。我們既選了擁有大量研究成果的重量級作家，和中流砥柱的實力派，同時也選了被主流評論忽略的大眾文學作家與文壇新銳。在同水平作品當中，我們會根據教學經驗挑選一些適合課堂討論，或個人研讀與分析的作品。至於作家的得獎紀錄、譯本數量、銷售情況、點閱與按讚次數、意識形態、族群政治等因素，皆不在評估之例。

編這麼一套工程浩大的選集，確實很累。回想埋首書堆的日子，其實是快樂的——重溫了一路陪伴我們成長的老經典，發現了令人讚嘆的新文章。我們希望能夠把多年來在教學和研究方面累積的成果，轉化成一套大書，它既是回顧華文文學百年發展的超級選本，也是現代文學史和創作課程的理想教材，更是讓一般讀者得以認識華文文學世界的一流讀物。

陳大為、鍾怡雯

二〇一八年一月八日　中壢

大爭之世

現代漢語詩歌的第一道曙光，斜斜照射在一批原以為跟新文學毫不相干的西方傳教士身上，那是一八八〇年前後的晚清，紮著枯瘦辮子的中國文人還在用古典漢語，咬緊牙關書寫不知何去何從的舊詩，此刻，黃遵憲埋首於外交國務，還不是時候去思考詩界革命，那句驚天動地的「我手寫我口」得再等上十餘年。這道曙光太不起眼，舉國上下恐怕沒有半個文人會關注這群來華的傳教士，他們竟然如此不自量力的企圖打造出新品種的現代漢語，根本是外行人在幹內行事。其實他們的原意很單純，僅僅為了有效傳教，因而設法譯出讓全中國老百姓都能讀懂的中文版《聖經》。主事者洞悉天機，提早看到古典漢語的頹勢，故其譯筆遣詞用字逐步脫離古典漢語，改用歐化的思維和架構，譯出了適用於未來白話新詩創作的讚美詩，甚至寫出傳教士漢語小說，也創造了一些新的漢語語彙。漢語的歐化簡直是一門傳教士獨有的煉金術，有別於中國章回小說的傳統白話，一種新形態的歐化白話就這樣誕生了。

事隔多年，才有了胡適的《嘗試集》。胡適的詩遠離了漢語音韻和意境，只剩下透明和淺易，談不上承先或啟後。一九一八年，俞平伯的第一首詩和魯迅的第一篇小說一起發表在《新青年》，成為中國新文學的先驅，那年俞平伯才十八歲。俞平伯對新詩的思考比胡適來得嚴謹、全面，他認為古典漢詩仍有可取處，借重古詩音韻和意境的寫作技巧來昇華新詩的語言，營造出跨越新舊詩歌的朦朧感，〈冬夜之公園〉（一九一八）即兼顧了現代白話質感和詩歌音韻，成為一個比《嘗試集》更稱職的詩史起點。接著登場的是李金髮，他從法國帶回波特萊爾的象徵主義詩歌，讀起來似乎因過度壓縮而費解，卻具有粉碎一切陳規的破壞力。李金髮踏出獨步中國的語言句構，不計毀譽，寫他想寫的前衛詩篇。接踵而至的五四詩人啟動了一連串新詩寫作實驗，從新興城市的摩登文化到老舊農村的人生辛酸，有國家寓言也有社會現實的控訴，現代漢語詩歌以不同形態持續成長。

抗日的戰火很快席捲而來，廿七歲的艾青以滿懷悲愴寫下〈雪落在中國的土地上〉（一九三七），中國的苦難像雪夜一樣廣闊且漫長；廿六歲的何其芳逃難到眾人醉生夢死的大後方，用一首〈成都，讓我把你搖醒〉（一九三八）記錄了他的亡國憂患；廿一歲的穆旦為昆明留下別具一格的〈防空洞裡的抒情詩〉（一九三九），他在戰火裡找到虛實莫辨的人生。中國最優秀的年輕詩人，被戰爭淬煉著詩歌的技藝。這時候，中堅世代的馮至交出民國詩歌的頂尖之作《十四行集》（一九四二），雖然在砲火和煙硝裡創作，馮至卻把心靈安頓在靜穆的詩歌宇宙，現實不再是眼前活生生的例子，他將之昇華到高處，對生死宿命提出詰問。西南聯大有了馮至、穆旦、杜運燮、鄭敏，延安有了艾青、何其芳、賀敬之、郭小川，各成一座詩歌重鎮，兩種詩歌美學，南北遙遙相望。

一轉眼就是共和國時期，中共建政後延安詩歌成了政治正確的唯一樣板，連馮至的〈登大雁塔〉（一九五六）都得順便見證「人民的西安」如何遠勝大唐的長安。紅通通的「頌歌」輕易統治了中國詩界，整整十七年；好不容易挨到文革，星星之火才點亮地下詩界。一九六八年，北京的郭路生以〈這是四點零八分的北京〉、上海的陳建華以〈荒庭〉、貴州的黃翔和啞默以〈野獸〉與

〈在茫茫的黑夜〉，兵分三路，震懾了文革知青的靈魂。翌年，芒克和多多到白洋淀插隊，成立了滋養一代知青的現代主義藝文沙龍，引來八方豪傑，彼此的身世和理想隨著彼此的詩歌傳抄開來，大量優異的手稿匯成暗潮。

改革開放後，西方現代主義席捲中國，知青世代的詩人及其讀者獲得大規模的「補課」。一九七八年，芒克與北島等人創辦《今天》，夥同江河、顧城、楊煉等詩人在北京三不老胡同裡聚眾起義，把幾年來累積的佳作——〈天空〉（一九七三）、〈結局或開始〉（一九七五）、〈宣告〉（一九七六）、〈祖國啊祖國〉（一九七八）、〈一代人〉（一九七九）——陸續端上檯面，擺出敢為天下先的戰鬥姿態，去輾壓官方詩界的脆弱頌歌，並挑戰及重執牛耳的「歸來者」。「今天派」掛牌上市後，立即面臨嚴峻的打壓，被貶稱「令人氣悶的朦朧」。北大教授謝冕看不下去，便發表一篇獨具慧眼的〈在新的崛起面前〉（一九八〇），孫紹振以〈新的美學在崛起〉（一九八一）推波助瀾，徐敬亞透過〈崛起的詩群——評我國新詩的現代傾向〉（一九八二）建構了朦朧詩美學理論，「三崛起」在論述上扶正了朦朧詩。另一方面，楊煉寫出氣勢雄渾的〈大雁塔〉（一九八一），北島寫出飽含政治哲理的〈履歷〉（一九八二）和〈同謀〉（一九八二），江河完成劃時代的神話史詩〈太陽和他的反光〉（一九八五），今天派遂完成全面性的統治。

朦朧詩的盛世很短，韓東在西安大雁塔底下，悄悄蛻去朦朧詩的基因，〈有關大雁塔〉（一九八三）創造了第三代詩歌的原型。一個遠離中國詩歌核心之地（北京）的四川圈子迅速成形，李亞偉、于堅、西川等新銳詩人都磨亮了刀子，另一波大潮蓄勢待發，他們默默凝視江河升起朦朧詩最後的太陽，丈量著未來的江山。三年後，《深圳青年報》和《詩歌報》聯手推出「中國詩壇一九八六現代詩群體大展」，那可是第三代詩人的造山運動，柏樺、歐陽江河、王家新、宋渠、宋煒、周倫佑、于堅、李亞偉、翟永明等人一舉奪得中國詩歌的天下，第三代詩歌以口語化的日常寫作重塑了範式，並踏上一條高難度的鋼索。宋渠、宋煒的〈家語〉（一九八七）闡述了一種與世無爭的山林心境，借此調校第三代詩歌的語言路徑；于堅在〈墜落的聲音〉（一九九一）示範了無比精細的微物敘事，那是他在口語實驗的終極成果；周倫佑則矗立了中國後現代詩歌的地景。第三代詩歌終於成為新的太陽。

更年輕的七〇後詩人不甘臣服於強大前驅的陰影，沈浩波、朵漁、巫昂、尹麗川等人在千禧年揭竿起義，喊出「下半身寫作」，打造自己的詩歌江湖。中國詩界從此進入群雄並起的新時代——麥城、雷平陽、馬新朝耕耘另一種堅實、純樸的詩風；黃毅、沈葦接下了前輩周濤的新疆風華；阿來和阿頓・華多太抓住西藏高原的雪花；楊慶祥、謝小青等更年輕的八〇後詩人也漸漸浮出詩史的地平線。經歷多次的美學裂變與話語篡奪戰，中國詩歌回到創作的平靜期，各世代詩人取得自己的發聲位置，狼煙歇止，天下暫時太平。

陳大為

在清朝

1986

柏樺

在清朝
安閑和理想越來越深
牛羊無事，百姓下棋
科舉也大公無私
貨幣兩地不同
有時還用穀物兌換
茶葉、絲、瓷器

在清朝
山水畫臻於完美
紙張氾濫，風箏遍地
燈籠得了要領
一座座廟宇向南
財富似乎過分

在清朝
詩人不事營生、愛面子
飲酒落花、風和日麗
池塘的水很肥
兩隻鴨子迎風游泳
風馬牛不相及

在清朝
一個人夢見一個人
夜讀太史公、清晨掃地
而朝廷增設軍機處
每年選拔長指甲的官吏

在清朝
多鬍鬚和無鬍鬚的人
嚴於身教、不苟言談
農村人不願認字

孩子們敬老
母親屈從於兒子

在清朝
用款稅激勵人民
辦水利、辦學校、辦祠堂
編印書籍、整理地方志
建築弄得古香古色

在清朝
哲學如雨、科學不能適應
有一個人朝三暮四
無端端地著急
憤怒成為他畢生的事業
他於一八四〇年死去

一九八六年十月

作者簡介

——柏樺（1956-），出生於重慶，現居成都。廣州外國語學院英語系畢業。曾任職於西南農業大學、四川外語學院、南京農業大學，現為西南交通大學中文系教授。曾獲安高詩歌獎、上海文學詩歌獎等。著有詩集《往事》、《望氣的人》、《史記：1950-1976》、《史記：晚清至民國》、《袖手人》；文集《一點墨》、《別裁》；隨筆集《去見梁宗岱》；回憶錄《左邊——毛澤東時代的抒情詩人》；專著《今天的激情》等。

望氣的人

柏樺

望氣的人行色匆匆
登高眺遠
眼中沉沉的暮靄
長出黃金、幾何與宮殿

窮巷西風突變
一個英雄正動身去千里之外
望氣的人看到了
他激動的草鞋和布衫

更遠的山谷渾然
零落的鐘聲依稀可聞
兩個兒童打掃著亭臺
望氣的人坐對空寂的傍晚

吉祥之雲寬大
一個乾枯的導師沉默
獨自在吐火、煉丹
望氣的人看穿了石頭裡的圖案

鄉間的日子風調雨順
菜田一畦，流水一澗
這邊青翠未改
望氣的人已走上了另一座山巔

一九八六年　暮春

作者簡介

——柏樺（1956-），詳見本書頁二三一。

家語（選四）

宋渠、宋煒

1987

一、候客

一個渡海前來看我的人
如今打馬從門前經過
他手裡捧著一隻司南
轉入偏西的後山
我對他無話可喊
只在簷下拴起互擊的刀片
又掛出門燈
然後以袖拂塵，打點鋪房
靜靜等他回來
這是天陰的日子
我舀出昨天接下的雨水
默坐火邊，溫酒

或苦心煎熬一副中藥
不一會天色轉暗，風打窗布
這一刻那個有心看我的人
該來掀開我家門簾
同我隨便打一局平淡的字牌

二、病中

入冬後家人們在內堂生病
細飲黃酒，藥力深長、細緻
門外有大隊的人馬經過
鐵器相碰，不時撞到刷白的院牆
我們合家安居，不為所動
一色以布纏頭
在土漆的家具中生活
思量舊日的業績
這樣足不出戶的日子多麼來之不易
讓人圍住烤火的爐灶

又可以搓手取暖
無一多事可做
我自顧想念某本書中的人物
他們也靜守家中
不分名姓，只管寫字和飲酒
這個冬天如此清明
家人們各自焚香熏衣
或者把玩酒壺
只有天黑之前妹妹要下床推窗
窗含山色，唉，望天的妹妹
那一刻臉色與山色相合
一層薄雪正當冰清玉潔

三、好漢

這些天大風稍斂
幾輛馬車停在我家門前
一批彷彿面善的人手提禮盒

神色嚴峻而親切
其中一個拿出絲綢和玉器
形貌古舊，觸手溫暖
請我隨他們同走天涯
以秤分金
去天下所有上好的店鋪裡
換幾套衣服穿穿
我想起多年以前的這一天
另一批身形瘦削的人
手捧書卷和司南
渡海前來，勸我拖帶一家老小
遷居繁華的州城
如今時光流轉，他們多數已有功名
我還是這樣起身迎客
聽他們講訴驚天動地的事跡
大夥納頭相拜，思謀落草
然後擺下酒宴，擊掌高歌
燈火通宵達旦

天明時我送走他們，大風又起
我心裡已經一片安寧

四、門戶之見

走過天井，一種心情形成
有人在乾枯的樹下撿拾紙屑
身段緊張，雙手無端的使勁
有人手執丹經，枯坐望天
雙袖藏起一方水土和風雨
有人飲酒熱身，顧影自憐
十指白皙而慌亂
急欲撫琴以助
這時我走過他們身邊
氣息受岔，印堂發黑
一種受苦的夙願直抵心田
無法閃避
這個下午一切暗中已定

我虛汗不停，穿過天井
世上許多祕密被我同時窺見
我只想立即回房
生病、吃藥
門關戶閉，宅第一派清明

作者簡介

——宋渠（1963-）、宋煒（1964-），兩人為兄弟，四川沐川人。一九八〇年代共同署名發表詩作，並參與發起「整體主義」詩歌活動。其後，宋渠停止了詩歌創作，現居成都。一九九〇年代以後，宋煒則獨立署名發表作品，現居重慶，服務於「下南道」餐廳。偶爾兄弟倆會一同做一些圖書出版方面的工作。

1987

薄暮時分的雪

張棗

一場尚未認識的風暴
它們突然脫離了其中
它們在你身邊等了好久
等你這個想著其他事情的人
去過更改過的地方
它們更改了又更改
似乎你一定是錯了
似乎你一定是錯了
它們早知道了那些事情
比如去這個時刻晚餐
可能是一樁共同的竊行
疲勞的，韶秀的和那些嬰兒
都該供養一個莫名的英雄
而且這些眉批和刪注

該同朽屋歸入暗塵
真的，他跟大家都不一樣
他比誰都幸運
他從大家熟睡的地方
站起身來，掌握了夢的核心
如果大家習慣了的酒和燈
是為了款迎哪個好醫生
那麼，他會置身在風暴之中
真的，大家的歷史
看上去都是一個人醫療另一個人
沒有誰例外，亦無哪天不同
你看他這時走了過來
像集中了所有的結局和潛力
他也是一個仍去受難的人
你一定會認出他傑出的姿容

一九八七年一月十八日，德國Königstein

作者簡介

——張棗（1962-2010），湖南長沙人。湖南師範大學英語系畢業，考入四川外語學院攻讀碩士。一九七九年出版第一本抒情詩集，不久，便被稱作巴蜀五君子之一。一九八六年起常年旅居德國，獲德國圖賓根大學文哲博士，後在圖賓根大學任教，並長期擔任《今天》雜誌的詩歌編輯。出版詩集《春秋來信》、《張棗的詩》；隨筆集《張棗隨筆選》。

1987——漢英之間

歐陽江河

我居住在漢字的塊壘裡，
在這些和那些形象的顧盼之間。
它們孤立而貫串，肢體搖晃不定，
節奏單一如連續的槍。
一片響聲之後，漢字變得簡單。
掉下了一些胳膊，腿，眼睛。
但語言依然在行走，伸出，以及看見。
那樣一種神祕養育了飢餓。
並且，省下很多好吃的日子，
讓我和同一種族的人分食，挑剔。
在本地口音中，在團結如一個晶體的方言
在古代和現代漢語的混為一談中，
我的嘴唇像是圓形廢墟，
牙齒陷入空曠，

沒碰到一根骨頭。
如此風景，如此肉，漢語盛宴天下。
我吃完我那份日子，又吃古人的，直到

一天傍晚，我去英語角散步，看見
一群中國人圍住一個美國佬，我猜他們
想遷居到英語裡面。但英語在中國沒有領地。
它只是一門課，一種會話方式，電視節目，
大學的一個系，考試和紙。
在紙上我感到中國人和鉛筆的酷似。
輕描淡寫，磨損橡皮的一生。
經歷了太多的墨水，眼鏡，打字機
以及鉛的沉重之後，
英語已經輕鬆自如，捲起在中國的一角。
它使我們習慣了縮寫和外交辭令，
還有西餐，刀叉，阿斯匹林。
這樣的變化不涉及鼻子
和皮膚，像每天早晨的牙刷，

英語在牙齒上走著，使漢語變白。
從前吃書吃死人，因此

我天天刷牙，這關係到水，衛生和比較。
由此產生了口感，滋味說
以及日常用語的種種差異。
還關係到一隻手，它伸進英語，
中指和食指分開，模擬
一個字母，一次勝利，一種
對自我的納粹式體驗。
一支菸落地，只燃到一半就熄滅了，
像一段歷史。歷史就是苦於口吃的
戰爭，再往前是第三帝國，是希特勒。
我不知道這個狂人是否槍殺過英語，槍殺過
莎士比亞和濟慈。
但我知道，有牛津辭典裡的，貴族的英語，
也有武裝到牙齒的，邱吉爾或羅斯福的英語。
它的隱喻，它的物質，它的破壞的美學

在廣島和長崎爆炸。
我看見一堆堆漢字在日語中變成屍首——
但在語言之外，中國和英美結盟。
我讀過這段歷史，感到極為可疑。
我不知道歷史和我誰更荒謬。

一百多年了。漢英之間，究竟發生了什麼？
為什麼如此多的中國人移居英語，
努力成為黃種白人，而把漢語
看作離婚的前妻，看作破鏡裡的家園？究竟
發生了什麼？我獨自一人在漢語中幽居，
與眾多紙人對話，空想著英語。
並看著更多的中國人躋身其間，
從一個象形的人變為一個拼音的人。

作者簡介

——歐陽江河（1956-），原名江河，出生於四川省瀘洲市，現居北京。《今天》文學社社長。詩作及文論被譯成英語、法語、德語、西班牙語、俄語、義大利語等十多種語言。曾獲華語文學傳媒大獎二〇一〇年度詩人。著有中文詩集《透過詞語的玻璃》、《事物的眼淚》、《手藝與注目禮：歐陽江河詩選》等十三部；詩作及詩學文論集《誰去誰留》；評論集《站在虛構這邊》。在香港出版詩集《鳳凰》；在海外出版德文詩集四部、英文詩集二部、法文詩集《傍晚穿過廣場》及阿拉伯文詩集《埃及行星》。

柏樺

往事

1988

這些無辜的使者
她們平凡地穿著夏天的衣服
坐在這裡，我的身旁
向我微笑
向我微露老年的害羞的乳房

那曾經多麼熱烈的旅途
那無知的疲乏
都停在這陌生的一刻
這善意的，令人哭泣的一刻

老年，如此多的鞠躬
本地普通話（是否必要呢？）
溫柔的色情的假牙

一腔烈火

我已集中精力看到了
中午的清風
它吹拂相遇的眼神
這傷感
這坦開的仁慈
這純屬舊時代的風流韻事

啊，這些無辜的使者
她們頻頻走動
悄悄叩門
滿懷戀愛和敬仰
來到我經歷太少的人生

一九八八年十月

作者簡介

——柏樺（1956-），詳見本書頁二二一。

土撥鼠

翟永明

一

我的亡友在整個冬天使我痛苦
低低的黃昏　沉欲者的身姿
以及豐收　以及懷鄉病的黑土上
牠俊俏的面容

我認識那些發掘的田野
或者嚴肅的石頭
帶有我們祖先的手跡
在牠暗淡的眼睛裡
永遠保留死者的鼓舞
牠懂得夜裡如何淒清
甚至我危險的胸口上

起伏不定的呼吸

「我早衰的知情者
在你微弱的手和人類記憶之間
你竭力要成為的那個象徵
將把我活活撕毀」

我的舊宅有一副傾斜的表情
牠菱形的臉有足夠的迷信
於是我們攜手穿行
靈魂的尖叫浮出水面
相當敏感　相當認真
如同漂亮女孩的純潔地帶

「你終究要無家可歸
與我廝守　牽制我那
想入非非的理想主義愛情」

一個傳說接近尾聲
有牠難耐的純粹的嘴臉
一顆心接近透明
有牠雙手端出的艱苦的精神

我們孤獨成癖　氣數已盡
你與我共享
愛的動靜　肉體的廢墟
生命中不可企及的武器
乃是我們的營養

二

一首詩加另一首詩是我的伎倆
一個人加一個動物
將造就一片快速的流浪

我指的是骨頭裡奔突的激情

能否把牠全身隆起？
午夜的腳掌
迎風跑過的線條

這首詩寫我們的逃亡
如同一筆舊帳
這首詩寫一個小小的傳說
意味著情人的痙攣
小小的可人的東西
把眼光放得很遠
寫一個兒子在夢裡
秋冬的環境有土撥鼠
一個清貧者
和牠雙手操持的寂寞

我和牠如此接近
牠滿懷的黑夜滿載憂患
衝破我一次次的手稿

小小的可人的東西
在愛情中容易受傷
牠跟著我在月光下
整個身體變白

這首詩敘述牠蜂擁的毛
向遠方發出脈脈的真情
這些是無價的：
牠枯乾的眼睛記住我
牠瘦小的嘴在訣別時
發出忠實的嚎叫

這是一首行吟的詩
關於土撥鼠
牠來自平原
勝過一切虛構的語言

一九八八年十月

作者簡介

——翟永明（1955-），生於四川成都。詩人、作家、文化品牌「白夜」創始人。一九八一年開始發表詩歌作品，一九八六年離職，後專注寫作。著有詩集、散文集《女人》、《在一切玫瑰之上》、《稱之為一切》、《終於使我周轉不靈》、《十四首素歌》、《行間距》、《隨黃公望游富春山》、《最委婉的詞》、《畢竟流行去》等多部作品。作品被譯為英語、法語、荷蘭語、義大利語、西班牙語、德語等發表出版。二〇一二年獲義大利「Ceppo Pistoia國際文學獎」，同年獲第三十一屆美國北加州圖書獎翻譯類圖書獎，二〇一三年獲第十三屆華語文學傳媒大獎傑出作家獎。

一夜蕭邦

歐陽江河

只聽一支曲子，
只為這支曲子保留耳朵。
一個蕭邦對世界已經足夠。
誰在這樣的鋼琴之夜徘徊？

可以把已經彈過的曲子重新彈過一遍，
好像從來沒有彈過。
可以一遍一遍將它彈上一夜，
然後終生不再去彈。
可以
死於一夜蕭邦，
然後慢慢地，用整整一生的時間活過來。

可以把蕭邦彈得好像彈錯了一樣。

可以只彈旋律中空心的和弦，
只彈經過句，像一次遠行穿過月亮，
只彈弱音，夏天被忘掉的陽光，
或陽光中偶然被想起的一小塊黑暗。
可以把柔板彈奏得像一片開闊地，
像一場大雪遲遲不敢落下。
可以死去多年但好像剛剛才走開。

可以
把蕭邦彈奏得好像沒有蕭邦。
可以讓一夜蕭邦融化在撒旦的陽光下。
琴聲如訴，耳朵裡空有一顆心。
根本不要去聽，心是聽不見的，
如果有人在聽蕭邦就轉身離去。
這已經不是他的時代，
那個思鄉的，懷舊的，英雄城堡的時代。
可以把蕭邦彈奏得好像沒有在彈。

輕點再輕點，
不要讓手指觸到空氣和淚水。
真正震撼我們靈魂的狂風暴雨
可以是
最弱的，最溫柔的。

作者簡介
——歐陽江河（1956-），詳見本書頁三八。

瓦雷金諾敘事曲——給帕斯捷爾納克

王家新

蠟燭在燃燒，
冬天裡的詩人在寫作；
整個俄羅斯疲倦了，
又一場暴風雪
止息於他的筆尖下；
靜靜的夜，
誰在此時醒著，
誰都會驚訝於這苦難世界的美麗
和它片刻的安寧；
也許，你是幸福的——
命運奪去一切，卻把一張
松木桌子留了下來，
這就夠了。
作為這個時代的詩人已別無他求。

何況還有一份沉重的生活，
熟睡的妻子，
這個寧靜冬夜的憂傷，
寫吧，詩人，就像不朽的普希金
讓金子一樣的詩句出現，
把苦難轉變為音樂……
蠟燭在燃燒，
蠟燭在松木桌子上燃燒；
突然，就在筆尖的沙沙聲中
出現了死一樣的寂靜
——有什麼正從雪地上傳來，
那樣淒厲，
不祥……
詩人不安起來。歡快的語言
收縮著它的節奏。
但是，他怎忍心在這首詩中
混入狼群的粗重鼻息？
他怎能讓死亡

冒犯這晶瑩發藍的一切？
筆在抵抗，
而詩人是對的。
我們為什麼不能在這嚴酷的年代
享有一個美好的夜晚？
為什麼不能變得安然一點，
以我們的寫作，把這逼近的死
再一次地推遲下去？
閃閃運轉的星空，
一個相信藝術高於一切的詩人，
請讓他抹去悲劇的樂音！
當他睡去的時候，
松木桌子上，應有一首詩落成，
精美如一件素潔繡品……
蠟燭在燃燒，
詩人的筆重又在紙上疾馳，
詩句跳躍，
忽略著命運的提醒。

然而，狼群在長嘯，
狼群在逼近；
詩人！為什麼這淒厲的聲音
就不能加入你詩歌的樂章？
為什麼要把人與獸的殊死搏鬥
留在一個睡不穩的夢中？
純潔的詩人！你在詩中省略的，
會在生存中
更為猙獰地顯露，
那是一排閃光的狼牙，它將切斷
一個人的生活，
它已經為你在近處張開。
不祥的惡兆！
一首孱弱的詩，又怎能減緩
這巨大的恐懼？
詩人放下了筆。
從雪夜的深處，從一個詞
到另一個詞的間歇中，

狼的嗥叫傳來，無可阻止地
傳來……
蠟燭在燃燒，
我們怎能寫作？
當語言無法分擔事物的沉重，
當我們永遠也說不清，
那一聲淒厲的哀鳴
是來自屋外的雪野，還是
來自我們的內心……

一九八九年冬，北京

作者簡介

——王家新（1957-），詩人、批評家、翻譯家，出生於湖北省丹江口市，武漢大學中文系畢業，現為中國人民大學文學院教授。創作貫穿了當代詩歌三、四十年來的歷程，出版有詩集、詩歌批評、詩論隨筆、譯詩集三十多種，並有編著多種。作品被譯成多種文字發表和出版，其中包括德文詩選《哥特蘭的黃昏》、《晚來的獻詩》、克羅埃西亞文詩選《夜行火車》、英文詩選《樓梯》、《變暗的鏡子》等。多次應邀參加國際詩歌節和文學交流活動，在歐美一些大學講學、做駐校詩人。曾獲多種國內外詩歌獎、詩學批評獎、翻譯獎。

面朝大海，春暖花開

1989

海子

從明天起，做一個幸福的人
餵馬，劈柴，周遊世界
從明天起，關心糧食和蔬菜
我有一所房子，面朝大海，春暖花開

從明天起，和每一個親人通信
告訴他們我的幸福
那幸福的閃電告訴我的
我將告訴每一個人

給每一條河每一座山取一個溫暖的名字
陌生人，我也為你祝福
願你有一個燦爛的前程
願你有情人終成眷屬

願你在塵世獲得幸福
我只願面朝大海，春暖花開

一九八九年一月十三日

作者簡介

——海子（1964-1989），原名查海生。生於安徽省安慶市懷寧縣高河鎮查灣村。一九七九年考入北京大學法律系，一九八二年開始詩歌創作，一九八三年大學畢業後分配至中國政法大學工作。一九八九年三月二十六日在山海關附近臥軌自殺。生前創作了近二百萬字的詩歌、詩劇、小說、論文和札記等作品，去世後結集出版《土地》、《海子的詩》、《海子詩全編》、《海子詩全集》等。詩作〈面朝大海，春暖花開〉入選中國中學課本，其作品，特別是抒情短詩已成為當代中國詩歌經典。

1989

玻璃

梁曉明

我把手掌放在玻璃的邊刃上
我按下手掌
我把我的手掌順著這條破邊刃
深深往前推

刺骨錐心的疼痛。我咬緊牙關

血，鮮紅鮮紅的血流下來

順著玻璃的邊刃
我一直往前推我的手掌
我看著我的手掌在玻璃邊刃上
緩緩不停地向前進

狠著心，我把我的手掌一推到底！
手掌的肉分開了
白色的肉
和白色的骨頭
純潔開始展開

一九八九年十一月二日　於杭州

作者簡介

——梁曉明（1963-），出生於上海。一九九四年獲《人民文學》建國四十五周年詩歌獎；二〇〇九年出席德國上海領事館舉辦的「梁曉明和漢斯・布赫：一次中德詩歌對話」；二〇一四年出席上海民生美術館主辦的「梁曉明詩歌朗讀會」；二〇一八年獲「二〇一七年中國詩歌排行榜」列為「二〇一七年度十大詩人」，同年並獲中國新詩春晚「百年百位新詩人物」稱號；二〇一九年獲名人堂「二〇一八年度十大詩人」。著有詩集《各人》、《開篇》、《披髮赤足而行》、《用小號把冬天全身吹亮》、《印跡——梁曉明組詩與長詩》、《憶長安——詩譯唐詩集》等。

1990

對一隻烏鴉的命名

于堅

從看不見的某處
烏鴉用腳趾踢開秋天的雲塊
潛入我的眼睛上垂著風和光的天空
烏鴉的符號　黑夜修女熬製的硫酸
嗞嗞地洞穿鳥群的床墊
墮落在我內心的樹枝
像少年時期在故鄉的樹頂征服鴉巢
我的手再也不能觸摸秋天的風景
牠爬上另一棵大樹　要把另一隻烏鴉
從牠的黑暗中掏出
烏鴉　在往昔是一種鳥肉　一堆毛和腸子
現在　是敘述的願望　說的衝動
也許　是厄運當頭的自我安慰
是對一片不祥陰影的逃脫

這種活計是看不見的　比童年
用最大膽的手　伸進長滿尖喙的黑穴　更難
當一隻烏鴉　棲留在我內心的曠野
我要說的　不是牠的象徵　牠的隱喻或神話
我要說的　只是一隻烏鴉　正像當年
我從未在一個鴉巢中抓出過一隻鴿子
從童年到今天　我的雙手已長滿語言的老繭
但作為詩人　我還沒有說出過　一隻烏鴉

深謀遠慮的年紀　精通各種靈感　辭格和韻腳
像寫作之初　把筆整枝地浸入墨水瓶
我想　對付這隻烏鴉　詞素　一開始就得黑透
皮　骨頭和肉　血的走向以及
披露在天空的飛行　都要黑透
烏鴉　就是從黑透的開始　飛向黑透的結局
黑透　就是從誕生就進入永遠的孤獨和偏見
進入無所不在的迫害和追捕
牠不是鳥　牠是烏鴉

充滿惡意的世界　每一秒鐘
都有一萬個藉口　以光明或美的名義
朝這個代表黑暗勢力的活靶　開槍
牠不會因此逃到烏鴉以外
飛得高些　僭越鷹的座位
或者降得矮些　混跡於螞蟻的海拔
天空的打洞者　牠是牠的黑洞穴　牠的黑鑽頭
牠只在牠的高度　烏鴉的高度
駕駛著牠的方位　牠的時間　牠的乘客
牠是一隻快樂的　大嘴巴的烏鴉
在牠的外面　世界只是臆造
只是一隻烏鴉無邊無際的靈感
你們　遼闊的天空和大地　遼闊之外的遼闊
你們　于堅以及一代又一代的讀者
都是一隻烏鴉巢中的食物

我斷定這隻烏鴉　只消幾十個單詞　就能說出
形容的結果　牠被說成是一隻黑箱

可是我不知道誰拿著箱子的鑰匙
我不知道是誰在構思一隻烏鴉藏在黑暗中的密碼
在第二次形容中牠作為一位裹著綁腿的牧師出現
這位聖子正在天堂的大牆下面　尋找入口
可我明白　烏鴉的居所　比牧師　更挨近上帝
或許某一天牠在教堂的尖頂上
已窺見過那位拿撒勒人的玉體
當我形容烏鴉是永恆黑夜飼養的天鵝
一群具體的烏　閃著天鵝之光　正煥然飛過我身旁那片明亮的沼澤
這事實立即讓我喪失了對這個比喻的全部信心
我把「落下」這個動詞安在牠的翅膀之上
牠卻以一架飛機的風度「扶搖九天」
我對牠說出「沉默」　牠卻佇立於「無言」
我看見這隻無法無天的巫烏
在我頭上的天空中牽引著一大群動詞　烏鴉的動詞
我說不出它們　我的舌頭被這些鉚釘卡住
我看著它們在天空疾速上升　跳躍
下沉到陽光中　又聚攏在雲之上

自由自在　變化組合著烏鴉的各種圖案

那日我像個空心的稻草人　站在空地
所有心思　都浸淫在一隻烏鴉之中
我清楚地感覺到烏鴉　感覺到牠黑暗的肉
黑暗的心　可我逃不出這個沒有陽光的城堡
當牠在飛翔　就是我在飛翔
我又如何能抵達烏鴉之外　把牠捉住
那日　當我仰望蒼天　所有的烏鴉都已黑透
餐屍的族　我早就該視而不見　在故鄉的天空
我曾經一度捉住過牠們　那時我多麼天真
一嗅著那股死亡的臭味　我就驚惶地把手鬆開
對於天空　我早就該只矚目於雲雀　白鴿
我生來就了解並熱愛這些美麗的天使
可是當那一日　我看見一隻鳥
一隻醜陋的　有烏鴉那種顏色的鳥
被天空灰色的繩子吊著
受難的雙腿　像木偶那麼繃直

斜搭在空氣的坡上
圍繞著某一中心　旋轉著
巨大而虛無的圓圈
當那日　我聽見一串串不祥的叫喊
掛在看不見的某處
我就想　說點什麼
以向世界表白　我並不害怕
那些看不見的聲音

一九九〇年二月

作者簡介

——于堅（1954-），雲南昆明人。雲南大學中文系畢業。二十歲時開始寫作，一九八五年與韓東等創立詩刊《他們》。著有詩集《詩六十首》、《對一隻烏鴉的命名》、《一枚穿過天空的釘子》、《于堅的詩》、《彼何人斯》、《我述說你所見》、《作為事件的詩歌》（荷蘭語版）、《0檔案》、《小鎮》、《被暗示的玫瑰》（法語版）、《便條集》、《于堅的詩》（英文版）、《0檔案》、《卡塔出它的石頭》、《飛行》（西班牙語版）、《于堅詩選》（亞美尼亞語版）、《世界呵，你進來吧》（波蘭語版）、《0檔案》（德語版）；散文集《棕皮手記》、《雲南這邊》、《挪動》、《暗盒筆記》；攝影集《大象石頭檔案》等四十多種。曾獲魯迅文學獎、華語文學傳媒大獎年度詩人獎、華語文學傳媒大獎年度傑出作家獎、朱自清散文獎、人民文學詩歌獎、呂梁文學獎年度詩歌獎等。德語版詩選集《0檔案》獲德國亞非拉文學作品推廣協會Litprom（Gesellschaft zur Förderung der Literatur aus Afrika, Asien und Lateinamerika e.v.）主辦的二〇一一年「感受世界」（Weltempfänger）—亞非拉優秀文學作品評選第一名，詩集《便條集》入圍美國BTBA二〇一一年度最佳翻譯圖書獎，詩集《被暗示的玫瑰》入圍法國二〇一五年「發現者詩歌獎」，紀錄片《碧色車站》入圍阿姆斯特丹國際紀錄片電影節銀狼獎單元。系列攝影作品獲美國《國家地理》雜誌華夏典藏獎。

1990

事件：鋪路

于堅

從鋪好的馬路上走過來　工人們推著工具車
大錘拖在地上走　鐽子和丁字鎬晃動在頭上
所有的道路都已鋪好　進入了城市
這裡是最後一截壞路　好地毯上的一條裂縫
威脅著腳　使散步和舒適這些動作感到擔心
一切都要鋪平　包括路以及它所派生的跌打
藥酒　赤腳板　爛泥坑和陷塌這些舊詞
都將被那兩個閃著柏油光芒的平坦和整齊所替代
這是好事情　按照圖紙　工人們開始動手
揮動工具　精確地測量　像鋪設一條康莊大道那麼認真
道路高低凸凹　地質的狀況也不一樣
有些地段是玄武岩在防守　有些區域是水在鬧事
有一處盤根錯節　一棵老樹　三百年才撐起這個家族
鋤頭是個好東西　可以把一切都挖掉　弄平

把高弄低下來　把凹填成平的
有些地方　剛好處在圖紙想像的尺度
也要挖上幾下　弄鬆　這種平畢竟和設計的平不同
就這樣　全面　徹底　確保質量的施工
死掉了三十萬隻螞蟻　七十一隻老鼠　一條蛇
搬掉了各種硬度的石頭　填掉那些口徑不一的土洞
把石子　沙　水泥和柏油一一填上
然後　壓路機像印刷一張報紙那樣　壓過去
完工了　這就是道路　黑色的　像玻璃一樣光滑
熟練的工程　從設計到施工　只幹了六天
這是城市最後一次震耳欲聾的事件　此後
它成為傳說　和那些大錘　丁字鎬一道生鏽
道路在第七天開始通行　心情愉快的城
平坦　安靜　衛生　不再擔心腳的落處

一九九〇年十二月

作者簡介

——于堅（1954-），詳見本書頁六七。

1990

帕斯捷爾納克

王家新

不能到你的墓地獻上一束花
卻注定要以一生的傾注，讀你的詩
以幾千里風雪的穿越
一個節日的破碎，和我靈魂的顫慄

終於能按照自己的內心寫作了
卻不能按一個人的內心生活
這是我們共同的悲劇
你的嘴角更加緘默，那是

命運的祕密，你不能說出
只是承受、承受，讓筆下的刻痕加深
為了獲得，而放棄
為了生，你要求自己去死，徹底地死

這就是你，從一次次劫難裡你找到我
檢驗我，使我的生命驟然疼痛
從雪到雪，我在北京的轟響泥濘的
公共汽車上讀你的詩，我在心中

呼喊那些高貴的名字
那些放逐、犧牲、見證，那些
在彌撒曲的震顫中相逢的靈魂
那些死亡中的閃耀，和我的

自己的土地！那北方牲畜眼中的淚光
在風中燃燒的楓葉
人民胃中的黑暗、飢餓，我怎能
撇開這一切來談論我自己？

正如你，要忍受更瘋狂的風雪撲打
才能守住你的俄羅斯，你的

拉麗薩，那美麗的、再也不能傷害的
你的，不敢相信的奇蹟

帶著一身雪的寒氣，就在眼前！
還有燭光照亮的列維坦的秋天
普希金詩韻中的死亡、讚美、罪孽
春天到來，廣闊大地裸現的黑色

把靈魂朝向這一切吧，詩人
這是苦難，是從心底升起的最高律令
不是苦難，是你最終承擔起的這些
仍無可阻止地，前來尋找我們

發掘我們：它在要求一個對稱
或一支比回聲更激蕩的安魂曲
而我們，又怎配走到你的墓前？
這是恥辱！這是北京的十二月的冬天

這是你目光中的憂傷、探詢和質問
鐘聲一樣，壓迫著我的靈魂
這是痛苦，是幸福，要說出它
需要以冰雪來充滿我的一生

作者簡介

——王家新（1957-），詳見本書頁五六。

畫家的高蹈之鶴與矮種馬

周倫佑

這是我的實驗之作
同一塊金屬上動物或靜物出現
鶴比馬難以把握，先讓馬出來
矮小而有斑紋的那一種
讓牠在圈定的範圍之內
袖珍地走動，再畫上一塊草坪
白色的柵欄表示一種界限
牠在界限之內，很充分地
享受著陽光。這是事物的表面
在不可見的深處，在很亮的陰影中
我看見一隻鶴，在比馬兒略高一些的
地方，翔著玻璃的高蹈之舞
牠的周圍是沒有標題的天空
（只有丹頂比處女的第一滴血還紅）

從可見之物到不可見的光芒
迅速排列著很變化的翅膀
變化的尖端趨於純然的冷淡
　　　　這時馬兒正在吃草
我讓牠抬起頭來，矮矮地仰望
鶴在不可見的深處，馬看不到
但牠分明聽到了鶴唳。很遠的鶴
曾是馬兒深處的某一部分
這是我要牠知道並努力回憶起的
　　（馬兒曾經有過高蹈的時候
　獨來獨往的馬蹄踏過天空）
現在馬兒似乎感到了什麼，牠豎起耳朵
發出一聲嘶鳴（這樣馬顯得大了一些）
但鶴依然在不可見的深處（我有意
不讓牠落地）。讓鶴懸在空中
這符合我的意圖
等小小的馬走出牠的白柵欄時
深處的鶴自會從青銅中鮮亮地飛出

一九九〇年十一月十二日於峨山打鑼坪

作者簡介

——周倫佑（1952-），祖籍廣東梅州，籍貫重慶榮昌，客家人。先鋒詩人、文藝理論家。中國先鋒文學觀念的主要引領者之一。一九七〇年代開始文學寫作，一九八六年為首創立非非主義，主編《非非》、《非非評論》兩刊；其理論和創作對新時期中國先鋒詩歌及文藝理論產生廣泛而具實質性的影響。二〇〇四年聘任西南師範大學特聘教授，二〇一三年聘任上海同濟大學詩學研究中心學術顧問。一九九二年獲柔剛詩歌獎，二〇〇九年獲南京大學首屆中國當代文學學院獎，二〇一五年獲首屆《鐘山》文學獎。著有詩集《在刀鋒上完成的句法轉換》、《周倫佑詩選》、《燃燒的荊棘》；長詩集《後中國六部詩》；論著《反價值時代》、《變構詩學》；文學史著《懸空的聖殿》等；並出版一百多萬字的《周易》研究著作。

1990——鳳兮（註❶）

鐘鳴

寂滅的鳥兒消逝在空洞的風裡
仍然可以看見牠，迷亂的翅膀已熄滅
但和諧的光比所有的巢棲者
都更清楚，雖然我們整體還像
一個急需光線的瞽者，甚至
摸不到牠，連升天的梯子也變成了灰

牠集中了最後一點羽毛，在夏季的
蟬鳴中，延長細膩的蛇頸
月亮在牠背上更加朦朧渾圓
雙耳在冰冷的灰裡抖動
死者在樹上陳列他們的身體
合成一個乳白色的小小胸像

在沒有溫度的四大元素與火焰中
我看到一條螽斯小小的臀股
一個整夜扣動心弦的靈魂
正在那裡鑿深井，捏造土龍
我看到了一具帶弧線的殘骸
聽到丁丁的伐木聲，沒一隻鳥

不再用圓潤的嗓音說牠是無辜的
沒一匹樹葉不在碧梧上寫下
頹唐的字句，在蕭條中超度死者
饒恕那些暴虐無度的人
牠在魚兒戲游的水潭交頸接翼
並將自己拆散，像麋鹿解角

我很想認識這隻不死的鳥兒
牠的五彩羽棲落在哪一棵樹上
哪一個星球，哪塊沒耕過的土地
我臉色蒼白，兩手合十，晝夜不停地呼吸

這個永不厭煩的地球，僅僅因為牠
任意暈眩，隨心所欲地死

我們該怎樣才能像牠在樹上
振翼修容，在隨風飄散的
肌骨上準確捕捉死者的目光
把悲哀留給已滿千歲百齡的虛清
牠像一匹綠葉欺近我們
在閃爍的灰裡刨出一些爪和燧火

而不是被刺骨的冷風緩緩捲走
或像呼吸的膈膜無影無蹤
我們的四肢比牠的冠要柔嫩，輕微
但怎樣才能超越痛苦
是以人血塗面，消失在地下
還是在清晨，像僧侶那樣隱逸
或走過植物園成為一種構造

在咽氣斷殼的氧化物中，我看清了
牠華麗的隱身術，聽見了牠的聲音
或許那是樹幹相互叩階的聲音
我只想知道牠的影子會埋在哪裡
牠是否穿過了日月星辰，牠的灰燼
吹入虛構的涅槃或死者臉上的鬚眉
我們僅僅是在黑暗中風聞了牠

一九九〇年

註❶：此詩是未完成的長詩〈樹巢〉中的一首，寫於一九九〇年至一九九一年間，時值臺灣《聯合報》副刊十四屆小說獎附帶徵集新詩，見其獨立，便取出修改，隨後獲獎，因不能去臺，遂請《創世紀》詩刊主編洛夫先生代領。那時，港臺詩人和大陸詩人多有交往，未能發表的詩作，經葉輝、洛夫諸先生，也頻繁在港、臺報刊刊出，包括《星島日報》、《大拇指》、《秋螢》、《創世紀》等，於「朦朧詩」多激勵之功。洛夫先生後感時局動盪移居加拿大。當時詩歌評委對詩中「在咽氣斷殼的氧化物中，我看清了／牠華麗的隱身術，聽見『節節足足』的聲音……」一句不甚理解，有過一番爭論。其實，這恰好是有出處的，《說苑》、《太平御覽》、《格致鏡源》均有載：皇帝見鳳凰之象，以問天老，天老有一番複雜的解釋，其中有「……遊必擇所，饑不妄下。其鳴也，雄曰節節，雌曰足足」。後也自嫌太僻，便作了改動。

作者簡介

——鐘鳴（1953-），出生於四川成都，西南師範大學中文系畢業。曾在大學、報社任職，曾任鹿野苑石刻藝術博物館館長。曾獲臺灣《聯合報》新詩獎。著有詩集《中國雜技：硬椅子》、《垓下誦史：鐘鳴詩選》；散文集《城堡的寓言》、《畜界，人界》、《徒步者隨錄》、《旁觀者》、《塗鴉手記》；評論《窄門》等。

1991

事件：停電

于堅

在我們一生中　停電是經常遭遇的事件之一
保險絲上的小啞劇　發電廠的關節炎　合法的強姦與暴力
光明的斷頭機　我們對之習以為常　泰然處之
當它突然逮捕了所有光　世界在黑暗中
我們毫不緊張　聲色不動照常學習和生活
誰都知道　停電並不會改變一間臥室的大小
不會改變一塊麵包中澱粉的含量　不會改變水的顏色
我們熟知一切　停電之前　停電之後　一樣的
程序　細節　局部　整體　高潮和尾聲　一樣的
先是些浪漫的小名堂　諸如鬼來了　屍體　凶宅
諸如　黑暗王國的蠟燭　樓梯上的腳步聲以及妖怪
小意境一一襲來　我們假裝害怕或悲壯　舉起雙手或挺起胸肌
我們熟知這些噱頭　像熟悉玩具　熟悉牛奶和味精
我們深知門已鎖好　鄰居都是同志　大門口有人值班

最終　我們全都完好無損地待在原處　原來的動作　原來的念頭
仍然像處於光明中的好人　保持應有的分寸　風度　涵養
決不會有人　突然改變姿勢　例如「像一柄劍」那樣
襲擊在場的婦女（這是小說）停電了　世界完善如初
看見繼續看見　動作繼續動作　安靜繼續安靜
腳和手伸縮自如　並不需要像入侵者那樣踮起腳後跟
一切還是一切　空間　顏色　聲音　質地　重量以及內心
頂上吊燈　腳下地板　左手左邊　右手右邊
床在房間深處　靠窗放著　旁邊是梳妝臺和鏡子
箱子放得最高　鞋最矮　食物在櫥櫃裡　電視報告新聞
伸出左手　可拿到止痛片和熱水瓶　水杯和香菸
伸出右手　能碰到橘子　糖缸和雜誌　再伸直些就有火柴
跨前半步　這個長物件必是沙發　順勢而下就安抵軟墊
後退一點　牆根的空處　位於一米八高度的是相框
父母和我　一九五四年的笑容　一九六七年的座次
站在門旁邊的是一排書架　最高一層經典著作　第三層醫書
書架後面的牆紙糊於馬年　牆紙後面的磚頭是一八九七年的
冰塊冰箱裡　衣服衣架上　水在水管裡　時間鐘殼後面

柔軟的是布　鋒利的是水果刀　碰響的是聲音　癢癢的是皮膚
床單是潔白的　墨水是黑色的　繩子細長　血　液狀
皮鞋四十八元一雙　電四角五分一度　手錶值四百元　電視機二千五百元一臺
一切都在　一切都不會消失　沒有電　開關還在
電表還在　工具還在　電工　工程師和圖紙還在
不在的只是那頭狼　那頭站在掛曆上八月份的公狼
牠在停電的一剎那遁入黑暗　我看不見牠
我無法斷定牠是否還在那層紙上　有幾秒鐘
我感覺到那片平面的黑暗中　這傢伙在呼吸諦聽
這感覺是我在停電之後　全部清醒和鎮靜中的唯一的一次錯覺
唯一的一次　在夏天之夜　我不寒而慄

一九九一年八月

作者簡介

——于堅（1954-），詳見本書頁六七。

墜落的聲音

1991

于堅

我聽見那個聲音的墜落　那個聲音
從某個高處落下　垂直的　我聽見它開始
以及結束在下面　在房間裡的響聲　我轉過身去
我聽出它是在我後面　我覺得它是在地板上
或者地板和天花板之間　但那兒並沒有什麼鬆動
沒有什麼離開了位置　這在我預料之中　一切都是固定的
通過水泥　釘子　繩索　螺絲或者膠水
以及事物無法抗拒的向下　向下　被固定在地板上的桌子
向下　被固定在桌子上的書　向下　被固定在書面上的文字
但那在時間中　在十一點二十分墜落的是什麼
那越過掛鐘和藤皮靠椅向下跌去的是什麼
它肯定也穿越了書架和書架頂上的那匹瓷馬
我肯定它是從另一層樓的房間裡下來的　我聽見它穿越各種物體
光線　地毯　水泥板　石灰　沙和燈頭　穿越木板和布

就像革命年代　祕密從一間囚房傳到另一間囚房
這兒遠離果園　遠離石頭和一切球體
現在不是雨季　也不是颳大風的春天
那是什麼墜落　在十一點二十分和二十一分這段時間
我清楚地聽到它很容易被忽略的墜落
因為沒有什麼事物受到傷害　沒有什麼事件和這聲音有關
它的墜落並沒有像一塊大玻璃那樣四散開去
也沒有像一塊隕石震動周圍
那聲音　相當清晰　足以被耳朵聽到
又不足以被描述　形容或比劃　不足以被另一隻耳朵證實
那是什麼墜落了　這只和我有關的墜落
它停留在那兒　在我身後　在空間和時間的某個部位

一九九一年八月

作者簡介

——于堅（1954-），詳見本書頁六七。

一個人老了

西川

一個人老了，在目光和談吐之間，
在黃瓜和茶葉之間，
像煙上升，像水下降。黑暗迫近。
在黑暗之間，白了頭髮，脫了牙齒。
像舊時代的一段逸聞，
像戲曲中的一個配角。一個人老了。

秋天的大幕沉重地落下！
露水是涼的。音樂一意孤行。
他看到落伍的大雁、熄滅的火、
庸才、靜止的機器、未完成的畫像，
當青年戀人們走遠，一個人老了，
飛鳥轉移了視線。

他有了足夠的經驗評判善惡，
但是機會在減少，像沙子
滑下寬大的指縫，而門在閉合。
一個青年活在他身體之中；
他說話是靈魂附體，
他抓住的行人是稻草。

有人造屋，有人繡花，有人下賭。
生命的大風吹出世界的精神，
唯有老年人能看出這其中的摧毀。
一個人老了，徘徊於
昔日的大街。偶爾停步，
便有落葉飄來，要將他遮蓋。

更多的聲音擠進耳朵，
像他整個身軀將擠進一隻小木盒；
那是一系列遊戲的結束：
藏起失敗，藏起成功。

在房樑上，在樹洞裡，他已藏好
張張紙條，寫滿愛情和痛苦。

要他收獲已不可能
要他脫身已不可能
一個人老了，重返童年時光
然後像動物一樣死亡。他的骨頭
已足夠堅硬，撐得起歷史
讓後人把不屬於他的箴言刻上。

作者簡介

——西川（1963-），原名劉軍，詩人、散文和隨筆作家、翻譯家，生於江蘇，北京大學英文系畢業。曾任美國紐約大學東亞系訪問教授、加拿大維多利亞大學寫作系奧賴恩訪問藝術家、北京中央美術學院人文學院教授、圖書館館長，現為北京師範大學特聘教授。曾獲魯迅文學獎、上海《東方早報》文化中國十年人物大獎（二〇〇一—二〇一一）、書業年度評選年度作者獎、德國魏瑪全球論文競賽十佳、瑞典玄蟬詩歌獎、日本東京詩歌獎等。著有詩集《夠一夢》；詩文集《深淺》；專論《唐詩的讀法》；譯著《米沃什詞典》（合譯）、《博爾赫斯談話錄》等二十餘部著作。詩歌和隨筆被收入多種選本並被廣泛譯介，發表於二十多個國家的報刊雜誌。紐約新方向出版社二〇一二年出版由Lucas Klein英譯的《蚊子誌：西川詩選》，入圍二〇一三年度美國最佳翻譯圖書獎並獲美國文學翻譯家協會二〇一三年盧西恩•斯泰克亞洲翻譯獎。

第三代詩人

1991

周倫佑

一群斯文的暴徒，在詞語的專政之下
孤立得太久，終於在這一年揭竿而起
占據不利的位置，往溫柔敦厚的詩人臉上
撒一泡尿，使分行排列的中國
陷入持久的混亂。這便是第三代詩人
自吹自擂的一代，把自己宣布為一次革命
自下而上的暴動；在詞語的界限之內
砸碎舊世界，捏造出許多稀有的名詞和動詞
往自己臉上抹黑或貼金，都沒有人鼓掌
第三代自我感覺良好，覺得自己金光很大
長期在江湖上，寫一流的詩，讀二流的書
玩三流的女人。作為黑道人物而揚名立萬
自有慧眼識英雄。耀邦哥們兒一句話
第三代詩人從地下走到地上，臉色慘白

坐在宣傳部會議廳裡，唱支山歌給黨聽
吐出一肚子苦水和酸水。士為知己者死
不該死的先走了，第三代詩人悲痛欲絕
發誓繼承耀邦哥們兒遺志，堅決自由到底
第三代詩人由此懂得革命不是請客吃飯
學著說粗話，玩世不恭，罵「他媽的」
上層的天空在中國變來變去，第三代詩人
時常傷風感冒，變得十分敏感和謹慎
太多的禁忌不能說，唯一的逃避是詩
第三代詩人換上乾淨的衣服，在象牙的表面
做沒有規則的遊戲，遠離心臟和血肉
或者模仿古人的形式，用月光寫詩，用菊花
寫詩，寫一些很精緻的文字，從紅色
向白色，熱情逐漸遞減，減至語言的零度
第三代詩人活得很清苦，食人間煙火
說普通話，在茶館裡坐著品茶，喜歡有
茉莉花的那一種。馬克思說不勞動者不得食
第三代詩人靠老婆養活，為人類寫作

因而問心無愧。打破婚姻鐵飯碗
第三代詩人犯過許多美麗的錯誤
先於佛洛伊德深入女人的舌尖和陰道
在想像中消耗太多的精氣，結果陽氣大虧
第三代熱愛部分的毛澤東，一種農民的樸實
和衝動。在詩中改朝換代的野心是不自覺的
只是感到有屁要放便放出來，香花毒草由他去
被臆想的根羈絆著。抽刀斷水，或者
把它暴露得更加粗大，以證明血統的純正
第三代讀老莊，讀易經，傾向於神祕主義
或故作神祕主義。用八卦占卜，看一次手相
便學會一種欺騙女孩子的勾當，再騙朋友和敵人
繼而進入氣功狀態，丹田的位置並不重要
關鍵是坐的姿勢，要做出吐納的樣子
再發幾句反文化的宏論，便自以為得道了
當然酒是要喝的，飯更不能少。一代人
就這樣真真假假的活著，毀譽之聲不絕於耳
第三代面不改色心不跳。依然寫一流的詩

讀二流的書，抽廉價菸，玩三流的女人
歷經千山萬水之後，第三代詩人
正在修煉成正果，突然被一支鳥槍擊落
成為一幕悲劇的精彩片段，恰好功德圓滿
北島、顧城過海插洋隊去了。第三代詩人
留在中國堅持抗戰。學會沉默
學會離家出走，同時作為英雄和懦夫
學會拒絕，在庭上慷慨陳詞，拒不悔過認罪
學會流放，學會服苦役，被剃成光頭
在隊列與超負荷的勞動中嘗試另一種生活
周倫佑在峨邊閉關修煉，廖亦武、李亞偉
在重慶打坐參禪，尚仲敏在成都寫檢查
于堅在雲南給一隻烏鴉命名。第三代詩人
樹倒猢猻散，千秋功罪十年以後評說

一九九一年二月二十八日風雪中於峨山打鑼坪

作者簡介

——周倫佑（1952），詳見本書頁七七。

跟祖國抒抒情

伊沙

這仍然是平淡如水的一天
我在街頭胡逛
眼見的東西　缺少新鮮
有一念頭滋生　煞是神聖
從我肩頭的那堆破銅爛鐵中
竄出來　好似靈魂出竅
哦！那時我想起祖國
想起我也是有祖國的人吶
就像曾經有家
但我立刻又變得
鬼鬼祟祟　手足無措
回頭張望　彷彿她
在我身後　街的拐角　彷彿她
是個特務　把我盯梢

我到底做錯什麼
此刻我只想抒情
可上哪兒找您
祖國啊祖國
我出生之地
建立的國家
是是非非　生生死死
祖國啊祖國
就算我是您眼裡
一粒揉不進去的沙子
頭上長瘡　腳下流膿
一個專招蒼蠅的壞蛋
但我吃遍世上的館子
仍然懷念一碗紅燒肉
但我逛完天下的窯子
最愛是您生養的丫頭

作者簡介

——伊沙（1966-），原名吳文健，生於四川成都。詩人、作家、批評家、翻譯家、編選家。北京師範大學中文系畢業。現於西安外國語大學中文學院任教。著、譯、編作品共一百餘部。曾獲美國亨利·魯斯基金會華文詩歌創作及英譯獎金、韓國「亞洲詩人獎」以及中國國內數十項詩歌獎項。美國佛蒙特創作中心聘其為駐站作家，美國亞利桑那大學為其舉辦過朗誦會，奧地利兩校一刊亦為其舉辦過朗誦會與研討會等國際交流活動。

虛構的家譜

1993

西川

以夢的形式，以朝代的形式
時間穿過我的軀體。時間像一盒火柴
有時會突然全部燃燒
我分明看到一條大河無始無終
一盞盞燈，照亮那些幽影幢幢的河畔城

我來到世間定有些緣由
我的手腳是以誰的手腳為原型？
一隻鳥落在我的頭頂，以為我是岩石
如果我將牠揮去，牠又會落向
誰的頭頂，並回頭張望我的行蹤？

一盞盞燈，照亮那些幽影幢幢的河畔城
一些閒話被埋葬於夜晚的蕭聲

繁衍。繁衍。家譜被續寫
生命的鐵鏈嘩嘩作響
誰將最終沉默，作為它的結束

我看到我皺紋滿臉的老父親
漸漸和這個國家融為一體
很難說我不是他：謹慎的性格
使他一生平安他：很難說
他不是代替我忙於生計，委曲逢迎

他很少談及我的祖父。我只約略記得
一個老人在菸草中和進昂貴的香油
遙遠的夏季，一個老人被往事糾纏
上溯三百年是幾個男人在豪飲
上溯三千年是一家數口在耕種

從大海的一滴水到山東一個小小的村落
從江蘇一份薄產到今夜我的檯燈

那麼多人活著：文盲、秀才
土匪、小業主……什麼樣的婚姻
傳下了我？我是否遊蕩過漢代的皇宮？

一個個刀劍之夜、販運之夜
死亡也未能阻止喘息的黎明
我虛構出眾多祖先的名字，逐一呼喊
總能聽到一些聲音在應答；但我
看不見他們，就像我看不見自己的面孔

一九九三年九月

作者簡介

——西川（1963-），詳見本書頁九一。

對石頭的語義學研究

周倫佑

我見過各種各樣的石頭
花崗石、大理石、卵石、漢白玉
刻滿銘文的石柱、無字碑、克爾白石
象徵的，魔幻的，現實與超現實的石頭
在野外的。在博物館的。被想像的
只有在語言中才能被複述和理解

石頭是名詞，它的正確讀音是shí tóu
按音序查「S」，按部首查「石」部
它由「石」和「頭」這兩個部分組成
「石」是詞根，「頭」是詞綴。再往下
石：象形，從厂從口，但從不說話
沉默的石頭是一種堅硬的物質

就這樣從石頭的基本義開始
石頭被讀出。一次偶然的觸動
使石頭產生出別一種含義
穿過猛虎的黑夜，石頭碰出聲響
石頭作為偏旁，使一些字經久耐用
石頭的轉義可以獨坐，給房屋奠基

比喻使石頭在暗中移動
石頭從止水中輕輕浮起
通過喻詞變成別的事物
或者相反：別的事物好像石頭
石頭在比喻中轉換或變化
石頭滾動，成為一支樂隊的名稱

在黑暗中石頭被引申為火種
在火中，石頭被引申為鐵的原型
百煉成鋼；為刀鋒的冷淡
獻祭之羊與刀刃互相理解

死亡中石頭被引申為不朽
一條斷臂統領眾多的時間

退回石頭，守住石頭，或離開
石頭。不同的接觸，使石頭
呈現得多些或少些。意守丹田
在石頭反義時將它捉住
思想的介入，使石頭四分五裂
石頭完好如初，一如神的全美

對石頭的研究，使你獲得
石頭的意識，在石頭內部
凝神觀照，體驗一切石頭
世界在本來的意義上被理解
和容納。石頭保持原樣
使任何僭越的企圖歸於徒勞

一九九三年十二月十七日於西昌月亮湖畔

作者簡介

——周倫佑（1952），詳見本書頁七七。

1994

那光必使你抬頭

孫磊

仍然寫著沉濕的歌謠，在紙上
那奉獻的正在奉獻，那光必使你抬頭
那潦倒的黑夜轉瞬即逝，那涼風已遠

仍然用驟雨和寒流抒情，用荒涼傳遞或召喚
仍然哀號，安排在天體中的鶫鳥仍然盤旋

在紙上，村莊裡下著小雪，花朵也同時開放
猶疑不定的小獸路過低窪的地方趟出了水聲
在書寫中，願望的手顫抖著

仍然建造或支撐，十月的樹木，仍然年輕
沒有經歷過冬天，那些經常擦拭的年代仍然輕盈

仍然用來傳唱，從偶遇福祉到死亡
那餘音繚繞，遍開花朵的大地，那崇仰高尚的山峰
那海鋪盡了你的道路，那光必使你抬頭

一九九四年十月十六日

作者簡介

——孫磊（1971-），山東濟南人，詩人，藝術家。山東藝術學院美術系畢業。現生活工作於北京、濟南，任教於山東藝術學院美術學院。曾獲第十屆柔剛詩歌獎、二〇〇三年中國年度最佳詩人獎、一九七九—二〇〇五中國十大優秀詩人獎、二〇一七影響濟南年度文化人物獎、二〇一七年度先鋒詩歌獎等。著有詩集《演奏》、《去向》、《處境》、《無生之力》、《孫磊詩文集》、《刺點》、《別處》、《妄念者》、《旅行》等。作品被翻譯成英文、法文、西班牙文、德文、韓文等。多次參加北歐藝術節、美國波士頓國際詩歌節、青海國際詩歌節、東亞國際詩歌節、南非國際詩歌節等重要活動。

馬嚼夜草的聲音

北野

1995

馬嚼夜草的聲音
和遠處火車隱隱的轟鳴
使我的水缸和詩行微微顫抖

這正是我渴望已久的生活啊
葵花包圍的莊園裡夜夜都有
狗看星星的寧靜

我還需要什麼
假如我的愛人就在身旁
孩子們在夢裡睡得正香

我只需要一個小小的郵局
隔三岔五送來一兩個

作者簡介

——北野（1963-），原名劉北野，生於陝西，長於新疆。渭南師範學院中文系、中國人民大學新聞學院畢業。曾任職於《新疆日報》等媒體二十餘年，二〇〇五年移居山東威海，執教於山東大學（威海）新聞傳播學院。曾獲天山文藝獎、華文青年詩人獎、威海文藝獎等。著有詩集《馬嚼夜草的聲音》、《黎明的敲打聲》、《在海邊的風聲裡》；隨筆集《南門隨筆》等。作品被譯為英文、德文、法文、俄文、蒙古文、哈薩克文和維吾爾文。

1995

奇妙的收藏

馬永波

每天我都希望能為我的收藏
增加些什麼：硬幣，揉皺的紙幣，一瓶子空氣
一些詞語和一些破碎的句子
事物和事物的名稱
雜亂地堆放在一起
有時它們會互相混淆
一些紙幣失蹤了，你能在紙上找到
「一些紙幣被撫平後買了冰凍天使」
那是一種冰淇淋的名字
常常是這樣：「肥皂」，「喉管」
組成了──「一塊肥皂卡在夏天的喉管裡」
而「理智」和「工棚」則自動組成
「理智可怕的工棚」，出現在一頁書中
有一天發現自己像一個小販

默默穿過低矮的工棚

事物不斷地變成詞語，消失
實體的鑰匙插入詞語的鎖孔
打開的是語言的抽屜
未完成的詩，寫好待發的信，照片背後的題辭
它們介於詞和實體之間
因為它們需要一雙閱讀的眼睛
以變成完全的詞語
「抽屜裡沒有蛇」，那就是說
抽屜裡沒有蛇，卻有蛇的副本
無害，卻足以讓我發冷
讓我聽見它吸氣的聲音
這和房間裡沒有女人有些類似
但生活並不因此變得簡單
如果你的女友突然失蹤
你會在我的抽屜裡找到她
不過她已被拆成了不相關的部分：

大腿，臉蛋，胸，毛髮
已經沒有可供辨別的個性
諸如眼波的流轉，和腰肢的輕盈

大地上的事物越來越少
而我的野心不是很大
下一次我要收藏的是一座料場
和一個正在拆除的煤氣公司
那些玩具似的紅色汽車
有秩序地進進退退
我已觀察了很久：它們一直
在把生鏽的鐵搬到最靠裡的地方
那些工人還沒有發覺
他們已變成了動詞
一直把名詞們搬來搬去
他們已不能拿到可以流通的貨幣
裝滿細沙的瓶子在窗檯上旋轉

我每天都夢見沙子又多了一粒
要慢慢把我埋住
從那樣的夢中驚醒，我決定
讓一些詞語再轉化成事物：
讓詩變成鉛字和紙幣
讓電報追回正在變成風景的人
把瓶子和沙子分頭拋進江心
當一切停止，我發現
我也是寂靜收藏的一個詞語

一九九五年六月二十七日

作者簡介

——馬永波（1964-），當代詩人，學者，翻譯家，文藝學博士後，《東三省詩歌年鑒》、《漢語地域詩歌年鑒》主編，西安交通大學校友文學聯合會會長，江蘇省中華詩學研究會副會長。一九八六年起發表評論、翻譯及文學作品，一九九三年出席第十一屆青春詩會，迄今出版著譯七十餘部。二〇一九年獲中國當代詩歌獎．翻譯獎首獎。現任教於南京理工大學詩學研究中心。

北站

蕭開愚

我感到我是一群人。
在老北站的天橋上，我身體裡
有人開始爭吵和議論，七嘴八舌。
我抽著菸，打量著火車站的廢墟，
我想叫喊，嗓子裡火辣辣的。

我感到我是一群人。
走在廢棄的鐵道上，踢著鐵軌的捲鏽，
哦，身體裡擁擠不堪，好像有人上車，
有人下車。一輛火車迎面開來，
另一輛從我的身體裡呼嘯而出。

我感到我是一群人。
我走進一個空曠的房間，翻過一排欄杆，

在昔日的檢票口，突然，我的身體裡
空蕩蕩的。哦，這個候車廳裡沒有旅客了，
站著和坐著的都是模糊的影子。

我感到我是一群人。
在附近的弄堂裡，在菸攤上，在公用電話旁，
他們像汗珠一樣出來。他們蹲著，跳著，
堵在我的前面。他們戴著手錶，穿著花格襯衣，
提著沉甸甸的箱子像是拿著氣球。

我感到我是一群人。
在麵店吃麵的時候他們就在我的面前
圍桌而坐。他們尖臉和方臉，哈哈大笑，他們有一點兒會計的
假正經。但是我餓極了。他們哼著舊電影的插曲，
跨入我的碗裡。

我感到我是一群人。
但是他們聚成了一堆恐懼。我上公交車，

車就搖晃。進一個酒吧，裡面停電。我只好步行
去虹口、外灘、廣場，繞道回家。
我感到我的腳裡有另外一雙腳。

一九九七年六月十日

作者簡介

——蕭開愚（1960-），四川省中江縣人，現居上海和北京。詩人、畫家。四川省綿陽中醫學校（四川省中醫藥高等專科學校）畢業。一九八九年創辦並主編民間詩刊《九十年代》、《反對》。曾任河南大學文學院教授。著有詩集《動物園的狂喜》、《學習之甜》、《肖開愚的詩》、《聯動的風景》、《內地研究》、《山坡和夜街的涼暖》；詩文集《此時此地》、《二十夜和一天》等。

星期六晚上

蕭開愚

匆匆進飯館，要了碗麵條。
兩分鐘吃完，顯得很忙，對地板上
蹲著的黑貓也沒有在意，牠一直
巴結地叫著。小店裡就兩個人，
我和店家。他歪站在櫃檯邊
衝著滅蠅器直笑，半冷淡地
應付我的不耐煩，好像贊同
這個晚上的枯燥。他認真地找零時，
我感到有事情可做的確重要。

所以到了街上，買份晚報，
（沒新聞）車一停，就上去了。
公共汽車的冷氣開得過分，
我猛地一抖，趕緊把背靠在椅子上。

車裡布滿塑料、木渣和油漆的
怪味。車上沒幾個人，下雨，
誰還要出門呢？如果不是回家，
不是一個不可靠的念頭驅使，
誰願意花四張車票，垂著腦袋，
幾乎睡著了穿過南京路呢？

一小時，一覺醒來，我趕緊
下車。「有點兒糟糕！」身後
一個人說。他專心於擦眼鏡
坐過了站。我回頭瞄了一眼，
公交車搖搖晃晃，駛入那雨絲
夜色和霓虹燈混合的昏暗中。
我知道，銀行門口的小夥子
就是我要見的人。他短頸，
矮個，自稱是個強盜，當然，
他已盡量地挖掘了他的相貌。

我們在走進快餐店之前
就把幾句話講完了。要了冷飲
靠窗坐下，我們談起相關的
幾個當事人。他們的痛苦，
在幾個大學之間奔走。而且，
他們也習慣於輕鬆地嘲笑，
嘲笑自己的器官，迫不得已，
和各種計畫的無聊。過一會兒，
他又斜眼看看窗街，困難地
與他腦中的那些街市比較。

他順便提起他母親的葬禮，
很多親戚，很多鞭炮，很多
不認識的小孩，但很少時候
親人們圍著遺像交換悲哀。
他認為她的死結束了一場爭吵。
我終於沒有弄清是誰和誰，
決定把藥物放進麵包，她吃了

一個月，然後最後地微笑。
我們恰當地沉默了一小會兒
看看已經把時間拖得夠長，
就站起來告別：「下次吧！」

一到街上，他就消失了。
時間還不晚，回家前不妨
逛逛街。又是那個不可靠的
壞念頭，拽緊我。心兒直跳。
抽了支菸。甚至去電影院看了
節目表，片子好像都看過。一部
講鴉片，一部離婚，另一部
講我們中的一個戰勝了感情。
我十歲得到的答案現在依然
調侃我的疑問：我屬於我們。

因此，日子美好的標誌就是
散步、洗澡，使用人稱的

單數時慢吞吞地胡說八道。什麼意思呢？幾條街，幾個樂隊，演奏國歌和軍樂。商店敞開的大門湧出一股冷氣。商店裡兩個姑娘在挑選胸衣。此刻，我想回家了。否則在高架橋下，跟著氣功師，就得學習用腳抓背、打拳，反而用手走路。

職員們打著哈欠，提著電腦，鑽進出租車；高低樓房的燈光開始熄滅。從弄堂裡的酒吧傳來爵士樂的喝彩聲。畢竟，在這樣的睡覺的時刻這麼吵鬧，似乎一周的生活終於到了高潮。其實很快，車到站了。現在，夜深但夜色灰白，不是漆黑。回到學校，我甚至看見路邊樹林裡，兩個孩子走著擁抱。

一九九七年六月

作者簡介

——蕭開愚（1960-），詳見本書頁一一七。

凡是我所愛的人

巫昂

凡是我所愛的人
都有一雙食草動物一樣的眼睛
他注視我
就像注視一棵不聽話的草

一九九八年八月十日

作者簡介

——巫昂（1974-），生於福建省漳浦縣，先後畢業於上海復旦大學和中國社會科學院研究生院，曾為《三聯生活周刊》深度調查記者，二〇〇三年辭職至今。一九九八年開始寫詩，二〇〇〇年開始寫小說，著有詩集《我不想大張旗鼓地進入你的生命之中》；長篇小說《瓶中人》、《星期一是禮拜幾》；隨筆集《極品》等。二〇一五年創立宿寫作中心。

1999

武松說明

伊沙

我知道
我嫂潘金蓮
婚外愛上西門慶
是合情的
窈窕淑女
君子好逑
反之亦然
閉了眼
我也能想明白
我哥武大在夜裡爬在
美人潘金蓮身上的
景象是不好的

但是

我還是做了
這對姦夫淫婦
因為武大是我哥
因為他們聯手
做了我哥

因為
這一切的一切
所以我對西門慶
只是做了他
而沒有騙他

一九九九

作者簡介

——伊沙（1966-），詳見本書頁九九。

為什麼不再舒服一些

尹麗川

哎　再往上一點再往下一點再往左一點再往右一點
這不是做愛　這是釘釘子
噢　再快一點再慢一點再鬆一點再緊一點
這不是做愛　這是掃黃或繫鞋帶
喔　再深一點再淺一點再輕一點再重一點
這不是做愛　這是按摩、寫詩、洗頭或洗腳
為什麼不再舒服一些呢　嗯　再舒服一些嘛
再溫柔一點再潑辣一點再知識分子一點再民間一點
為什麼不再舒服一些

二〇〇〇年一月三十一日

作者簡介

——尹麗川（1973-），現居北京。作家、導演、編劇。北京大學西方語言文學系、法國ESEC電影學校畢業。著有小說、詩文合集《再舒服一些》；長篇小說《賤人》；小說集《十三不靠》；詩集《大門》、《油漆未乾》；隨筆集《37°8》等。導演作品有《公園》、《牛郎織女》等，《公園》獲第十五屆大學生電影節最佳處女作獎，《牛郎織女》入圍第六十一屆坎城電影節導演雙周單元，獲法國Creteuil女性電影節最佳影片獎。

2000

一個人老了

沈浩波

你以為我也會，操著典雅而純正的普通話，說什麼
「一個人老了，徘徊於昔日的大街」之類狀若讖言的廢話嗎

何必如此笨拙地暗含悲憫，一個人老了，請不要哀憐他
他還沒有認輸，還想統率他的老骨頭，支撐一個老英雄
他還會目光閃亮，他還在試圖反抗
還想再來那麼一場，固守他的老江山，開闢他的新疆場

別盯著我，老傢伙，沒什麼用途，你已經是一個老人了
不要試圖充滿寬容地撫摸我泛青的顱骨
不要以為你還可以親撫和招安一個年輕的強盜
我要的不僅僅是俸祿和金錢，我更要你的江山和美人
來吧，老傢伙，不要再跟我說：「浩波，你不錯。」

也不要再跟我說：「未來是屬於我們，更是屬於你們。」
我早已不是送花的少年，我沒有一顆隱忍的心胸
我從小就痛飲狂歌空度日，你知道我飛揚跋扈為誰雄

火車輾過平原，氣流裹挾巨響
當你們腫脹的小腹被節令的風吹響，那是衰老的聲音
在其中鼓譟和動盪，你們還在故作輕鬆
我卻早已看穿你們酸得發餿的笑容

這裡已是摩登的年代，萬物陷入無邊的驚慌
對付這麼一個固執的老傢伙，不能僅靠緩緩前行的歲月和時光
一個人老了，就該走了，啊，我多想立即看到
老人們吞食鹽粒脫殼的海水，遠涉重洋去往鬼的故鄉

作者簡介

——沈浩波（1976-），出生於江蘇泰興，現居北京。北京師範大學中文系畢業。二〇〇〇年發起創辦《下半身》同人詩刊，掀起了對中國詩歌影響甚深的「下半身詩歌運動」。二〇一六年創辦「磨鐵讀詩會」，為北京磨鐵圖書有限公司創始人。曾獲人民文學詩歌獎、桂冠詩集獎、新世紀詩典金詩獎、長安詩歌節現代詩成就大獎、華語文學傳媒大獎年度詩人獎、李白詩歌獎成就獎等。著有詩集《心藏大惡》、《蝴蝶》、《命令我沉默》、《向命要詩》、《花蓮之夜》等。作品被翻譯成英語、西班牙語、德語、俄語等。

與清風書

陳先發

2000

（一）

我想活在一個儒俠並舉的中國。
從此窗望出
含煙的村鎮，細雨中的寺頂
河邊抓蝦的小孩
枝頭長嘆的鳥兒
一切，有著各安天命的和諧。
我會演出一個女子破繭化蝶的舊戲，
我也會擺出松下怪誕的棋局。
我的老師採藥去了，
桌上，
他畫下的枯荷濃墨未乾。
我要把小院中的

這一爐茶
煮得像劍客的血一樣沸騰。
夜晚
當長長的星座像
一陣春風吹過
夾著幾聲淒涼鳥鳴的大地在波動。
我綠色深沉的心也在波動。
我會起身
去看流水
我會離琴聲更近一點
也會在分開善惡的小徑上
走得更遠一點

（二）

蛙鳴裡的稻茬
青藤中的枯榮
草間蟲吟的樂隊奏著輪回。

這一切，
哦，
這一切。
我彷彿耗完了我向陽的一面
正迎頭撞上自己堅硬又幽暗的內心。
我彷彿聞到地底烈士遺骨的香氣
它也正是我這顆心的香氣。
在湖面，歌泣且展開著的
這顆心
正接受著湖水無限緩慢、無限蒼涼的滲透。

（三）

三月朝我的庭中嘔著它青春的膽汁。
這清風，
正是放棄了它自己，
才可以颳得這麼遠。
這清風直接颳穿了我的肉體：

一種欲騰又止的人生。
一種懷著戒律的人生。
一顆刻著詩句的心。
一陣藏著獅子吼的寂靜。
這清風
要一直颳到那毫無意義的遠中之遠。
像一顆因絕望才顯現了蔚藍的淚滴。

（四）

故國的日落
有我熟知的凜冽。
景致如卷軸一般展開了：
八大的枯枝
苦禪的山水，伯年的愛鵝圖
凝斂著清冷的旋律
確切的忍受——
我的父母沉睡在這樣的黑夜

當流星搬運著鳥兒的屍骸
當種子在地底轉動它淒冷的記憶力

看看這，橋頭的霜，蛇狀長堤
三兩個辛酸的小村子
如此空寂
恰能承擔往事和幽靈
也恰好撿起滿地的宿命論的鑰匙。

一九八六年二月寫，二〇〇〇年四月改

作者簡介

——陳先發（1967-），生於安徽桐城。復旦大學畢業。曾獲魯迅文學獎、華語文學傳媒大獎、十月詩歌獎、中國桂冠詩歌獎、陳子昂詩歌獎等數十種。二〇一五年與北島等十位詩人一起獲得中華書局等單位聯合評選的「百年新詩貢獻獎」。著有詩集《寫碑之心》、《九章》；長篇小說《拉魂腔》；隨筆集《黑池壩筆記》等十餘部。作品被譯成英、法、俄、西班牙、希臘、義大利等多種文字傳播。

2001

你想當什麼樣的老女人

尹麗川

她的乳頭早就沒人摸了
這個女人還大把大把地掉頭髮
縮在床單下
像另一條揉皺的床單
到處都是癟的，還被撕破了
這個女人老成了一個老女人
那些水分和鮮肉呢
這個老女人也沒有子孫來看她
不停地吃藥，不停地老下去
不停地偷看——
病房這邊，我的媽媽
富態而安詳，滿足於我們圍在身旁
媽媽也有很多的皺紋
但媽媽就是不一樣

媽媽不是老女人
媽媽用媽媽的眼光看著我
而我看著那個不是媽媽的老女人
我們的關係也許更緊密

二〇〇一年六月二十六日

作者簡介

——尹麗川（1973-），詳見本書頁一二八。

2001

野榛果

朵漁

在越省公路的背後，榛子叢中
我雙手環抱　她薄薄的胸脯
一陣顫抖後，籃子扔到地上，野榛果
像她的小乳房紛紛滾落

她毛髮稀少，水分充足
像剛剛鑽出草坪的蘑菇
我將軟軟的陰莖放在她的腿間
她詭祕地笑，四周花香寂靜

在採榛子的年齡，我們都樂於嘗試
這小獸般的衝動，而快感卻像
地上的乾果，滾來滾去
堅硬但不可把握

作者簡介

——朵漁（1973-），詩人，隨筆作家。原名高照亮，出生於山東。一九九〇年入讀北師大中文系。出版詩集、隨筆集十幾種，獲詩歌獎項數種。現居天津，主編《漢詩界》，主持個人出版工作室及詩歌公益。

2001

一把好乳

沈浩波

她一上車
我就盯住她了
胸脯高聳
屁股隆起
真是讓人
垂涎欲滴
我盯住她的胸
死死盯住
那鼓脹的胸啊
我要能把它看穿就好了
她終於被我看得
不自在了
將身邊的小女兒
一把抱到胸前

正好擋住我的視線
嗨，我說女人
你別以為這樣
我就會收回目光
我仍然死死盯著
這回盯住的
是她女兒
那張俏俏的小臉
嗨，我說女人
別看你的女兒
現在一臉天真無邪
長大之後
肯定也是
一把好乳

二〇〇〇年八月五日

作者簡介

——沈浩波（1976-），詳見本書頁一三一。

2001——陽臺上的女人——沈葦

在乾旱的陽臺上，她種下幾盆沙漠植物
她的美可能是有毒的，如同一株罌粟
但沒有長出刺，更不會傷害一個路人
有幾秒鐘，我愛上了她
包括她臉上的倦容，她身後可能的男人和孩子
並不比一個浪子或酒鬼愛得熱烈、持久
這個無名無姓的女人，被陽臺虛構著
因為抽象，她屬於看到她的任何一個人
她分送自己：一個眼神，一個攏髮的動作
彎腰提起絲襪的姿勢，迅速被空氣蒸發
似乎發生在現實之外，與此情此景無關
只要我的手指能觸撫到她內心的一點疼痛
我就轟響著全力向她推進
然而她的孤寂是一座堅不可摧的城堡

她的身體密閉著萬種柔情
她的呼吸應和著遠方、地平線、日落日升
莫非她僅僅是我胡想亂想中的一個閃念？
但我分明看見了她，這個陽臺上的女人
還有那些奇異、野蠻的沙漠植物
她的性感，像吊蘭垂掛下來，觸及了地面
她的乳房，像兩頭小鹿，翻過欄杆
她的錯誤可能忽略不計
她的墮落擁有一架升天的木梯
她沉靜無語，不發出一點鳥雀的嘰喳
正在生活溫暖的巢窩專心孵蛋
或者屏住呼吸和心跳，準備展翅去飛

作者簡介

——沈葦（1965-），浙江湖州人，現居杭州。中國作協詩歌委員會委員、新疆作協副主席、浙江傳媒學院教授。曾獲魯迅文學獎、華語文學傳媒大獎、十月文學獎、劉麗安詩歌獎等。著有詩集《沈葦詩選》、散文集《新疆詞典》、隨筆集《正午的詩神》等二十多部。作品被譯成十多種文字。

2002

奶奶的憤怒

沈浩波

你吃飯的時候
為什麼總要把筷子
戳在碗裡呢？

那麼老的奶奶
最愛我的奶奶
氣極了似的
對我叫了起來

你不知道
只有家裡死了人
才把筷子
戳到碗裡的嗎

我家當然沒有死人
奶奶的憤怒
只是因為
如果真的會死一個人的話
肯定就是她

二〇〇二年八月十四日

作者簡介

——沈浩波（1976-），詳見本書頁一三一。

用第一人稱哭下去

2002

麥城

已經到了這般地步
我只有把故事講下去
儘管故事的時間和地點
還沒從郵局寄過來
儘管這故事的敘述方式
提前遇到了美學上的阻力

是星期六的下午
我坐在一塊礁石上
跟濤聲裡的三個人說
我要講述一個故事
話音剛落
那三個人快速地
從海底翻找出巨浪

打在我的臉上
接著，一個黑色的影子
騎著拴在古龍小說裡的一匹快馬
率先抵達這故事的核心部分

那黑色的影子
似乎就是在去年一張晚報上
躺在專欄裡睡過一夜的逃犯
他身著又長又大的風衣
衣領把頭遮得嚴嚴實實
也就是說
這個人沒有一點正面的東西

他身上揣著的
不僅僅是匕首
還有比匕首更快的東西
用來撬開故事的主題
並擋住自己的臉

完成一次深呼吸

依現在的情形
我還不能報案
在故事的結尾處
有一條魚和一隻鳥
我必須等魚
從命運的眼眶裡
游出來
也必須等鳥
按我口述的節奏抵達樹林

我知道
那黑色的影子
又一次在故事裡拔出刀來
並在臉上蹭了兩下
突然，從刀光裡
我看見了自己家的門牌號碼

二〇〇二年五月二十二日

作者簡介

——麥城（1962-），原名王強，遼寧瀋陽人，現居大連。一九八二年開始詩歌創作。現任復旦大學中國現當代文學研究中心兼職教授和蘇州大學中文系兼職教授。著有詩集《麥城詩集》、《詞懸浮》、《歷史的下顎》；日文版《麥城詩選》，英文版《麥城詩集》，瑞典文版《鑽石裡的一滴淚》。

2003

一封書信——為吳俊兄而作

麥城

你來信說
此時，南方陰雨綿綿
我看得出來
信中的每一個比喻
都撐著一把雨傘

你反覆提到南方的好時光
你說，近日將派一首歌曲前往北方
繞過中學時代的語文
繞開兩個人的內心活動
把好時光的由來帶給我

我轉過身
朝向牆上的地圖

仔細地掐算
好時光需幾天
才能從地圖裡走出來

地圖上的一些界標
已經被磨損得模模糊糊
我怎麼也看不清楚
行走在紙上
好時光的影子

黃昏時
我聽見急促的敲門聲
推開門
南方好時光
已站在我的門口

我端出兩把椅子
一把給它

另一把留給美學
而好時光卻坐在了
一杯酒的岸邊

二〇〇三年二月十五日

作者簡介

——麥城（1962-），詳見本書頁一五二。

2003

與牙疼有關的一次寫作

麥城

疼，從牙齒的北方
向牙齒的南方疼去

我躺在醫學的備用名單上
藥，追上了我的疼
疼拉著痛的手
企圖從道德的欄杆上翻過去

醫生拿著小錘
在牙齒上
敲過來敲過去
他要我把疼遞給他

大夫，別碰我的地方口音

它們不過是一種路過
醫生回答
疼，其實也是一種路過

大約半個鐘頭
我由病例裡站起來
從鏡子的上方，我看見
疼，向另一個地址逃去

此時，電話鈴聲響起
西安沈奇跟我要一個比喻的結果
我沉默不語
擔心疼會不會從電話裡傳過去

二〇〇三年三月十四日

作者簡介

——麥城（1962-），詳見本書頁一五二。

那個人摔倒了

王小妮

2004

老太婆穿著她最好的衣服
夾著比兩個老太婆還要高的芝麻稈。
全河南最小的腳走上了田埂
那生了她，又嫁了她的村莊越來越近。

她被懷裡的芝麻絆倒
忽然摔在自己家挺挺的桐樹下。
活過兩個世紀的老太婆
在樹影的迷亂裡鵝一樣大笑。
整個村子都忍不住動了。

像游在鄉村中的金魚
老太婆撲騰著剛染過布的兩隻靛藍的手。
撲累了，照照很透亮的一汪天。

她的屋裡存著最細最韌的棉花
架著最結實的織布機。
滿院子曬著暖暖的新玉米
想到這些，她要在門口多睡一會兒。

芝麻都熟了，這季節讓人踏實。
鄉村原本應該是好的
莊稼白貓桐樹和人都該享受好的生活。

二〇〇四

作者簡介

——王小妮（1955-），滿族，吉林長春人。吉林大學中文系畢業。一九八五年遷居深圳。現為海南大學人文傳播學院教授。曾獲《小說選刊》小說獎、美國安高詩歌獎、二〇〇二年度詩歌獎、華語文學傳媒大獎詩歌獎、二〇一三年度華文最佳散文獎等。著有詩集《我的紙裡包著我的火》、《致另一個世界》、《出門種葵花》；小說《人鳥低飛》、《方圓四十里》；隨筆集《上課記》、《一直向北》、《看看這世界》；散文集《放逐深圳》、《家裡養著蝴蝶》等。

提著落花生的

王小妮

她站著，兩手提著剛出土的落花生。
那些果實，還穿著新鮮粉紅的內衣
像嬰兒，像沒開瓣的荷花。

身後，一塊田的距離
光光地立著她的五個小孫子。
他們的屁股上不是褲子
是快要僵硬的黃泥。
三塊田的距離以外
坐著她已經不能行走的小腳母親。

沒有一個人移動，鄉村出奇地安靜
不知道他們在等什麼。

落花生看到了最初的人間
一個挖掘者，五個小光人
遠方還有一個蒼老的。
泥土還沒完全落乾淨
花生有點傷心。

她站著，穩穩地像任何大地方的高房子
滿園鮮花的房子
管風琴奏樂的房子。
鄉村的水塘遠遠地跳著黑氣泡
她的心正向外亮著。

人說，那婦女是個信教的。

二〇〇四

作者簡介

——王小妮（1955-），詳見本書頁一六一。

2004

我奶奶

——西川

我奶奶咳嗽，喚醒一千隻公雞。
一千隻公雞啼鳴，喚醒一萬個人。
一萬個人走出村莊，村莊裡的公雞依然在啼鳴。
公雞的啼鳴停止了，我奶奶依然在咳嗽。
依然在咳嗽的我奶奶講起她的奶奶，聲音越來越小。
彷彿是我奶奶的奶奶聲音越來越小。
我奶奶講著講著就不講了，就閉上了眼睛。
彷彿是我奶奶的奶奶到這時才真正死去。

二〇〇四

作者簡介

——西川（1963-），詳見本書頁九一。

2005

凌晨三點的歌謠

邰筐

誰這時還沒睡，就不要睡了。
天很快就要明了。
你可以到外面走一走，難得的好空氣，
你可以比平時多吸一些。
你順著平安路朝東走吧。
你最先遇到的人，是幾個勤勞的人。
他們對著幾片落葉揮舞著大掃帚，
他們一鍬一鍬清理著路邊的垃圾，
他們哼著歌兒向前走，
他們與這座城市的骯髒誓不兩立。
你接著還會遇到一個詩人。
他踱著步子，像一個赫赫帝王。
他剛剛完成一首驚世之作，
十年後將被選入一個國家的課本，

三十年後將被譯成外文，引起紐約紙貴，
六十年後將被刻上他自己的墓碑……
現在的詩人在黑暗中向前走著，在冥想中慢慢回味。
後面跟上來一群女人，她們是凱旋歌廳收工的小姐，
你在和她們擦肩而過的瞬間，
會聽到她們的幾聲哈欠，
會看到一張張因熬夜而蒼白模糊的臉。
你接著朝東走，就會走到沂蒙路口。
路北的沂州糝館早就開門了，
小伙計已在門前擺好了桌子、板凳，
熬糝的老師傅，正向糝鍋裡撒著生薑和胡椒面。
他們最後都要在一張餐桌上碰面：
一個詩人、幾個環衛工人、一群歌廳小姐，
像一家人，圍著一張桌子吃早餐。
小姐們旁若無人地計算著夜間的收入，
其間，某個小姐遞給詩人一個微笑，
遞給環衛工一張餐巾。
這一和睦場景持續了大約十五分鐘，

然後各付各錢，各自走散。
只剩下一桌子空碗，陷入了黎明前最後的黑暗。

作者簡介

——邰筐（1971-），原名邰茂光，山東臨沂人，現居北京。某法治媒體主筆，首席記者。中國七〇後代表性詩人、首師大年度駐校詩人。曾獲第六屆華文青年詩人獎、首屆泰山文藝獎、第二屆漢語詩歌雙年獎、第三屆詩探索·中國新詩發現獎、第二屆草堂詩歌獎年度實力詩人獎等。著有詩集《凌晨三點的歌謠》、《徒步穿越半個城市》，作品入選幾十種重要選本，部分詩歌被譯成英、俄、日、韓等多種語言。

林中讀書的少女

梁曉明

純。而且美
而且知道有人看她
而更加驕傲地挺起小小的胸脯
讓我在路邊覺得好笑、可愛、這少女的情態
比少女本身更加迷人

少女可以讀進書本裡去，也可以讀在
書的旁邊、讀在樹林、飄帶似的小河、一輛轎車
也可以讀在我這半老男人注意的眼光中

唉，少女，多可憐的年齡和身體
嬌細的腰，未決堤的小丘和
疑狐未婚的心

少女純白的皮膚讓人心疼，而且她還讀書
而且還在林中，而且還驕傲地覺得有人在看
哪怕我走了，她還驕傲地覺得
有下一個人……

作者簡介

——梁曉明（1963-），詳見本書頁六〇。

2005

我的家鄉已面目全非

雷平陽

我的家鄉已面目全非
回去的時候，我總是處處碰壁
認識的人已經很少，老的那一輩
身體縮小，同輩的人
彷彿在舉行一場寒冷的比賽
看誰更老，看誰比石頭
還要蒼老。生機勃勃的那些
我一個也不認識，其中幾個
發菸給我，讓我到他們家裡坐坐
他們的神態，讓我想到了死去的親戚
也順帶看見了光陰深處
一根根骨頭在逃跑
蘋果樹已換了品種；稻子
雜交了很多代；一棵桃樹

從種下到掛果據說只要三年時間
人們已經用不著懷疑時光的堅韌
我有幾個堂姊和堂妹，以前
她們像奶漿花一樣開在田野上
純樸、自然，貼著土地的美
很少有人稱讚，但也沒人忽略
但現在，她們都死了，喝下的農藥
讓她們的墳堆上，不長花，隻長草
我的兄弟姊妹都離開了村莊
那一片連著天空的屋頂下
只剩下孤獨的父母。我希望一家人
能全部回來，但父親咧著掉了牙齒的嘴巴
笑我幼稚：「怎麼可能呢
生活的魅力就在於它總是跑調。」
的確，我看見了一個村莊的變化
說它好，我們可以找出
一千個證據，可要想說它
只是命運在重複，也未嘗不可

正如這個陽光燦爛的下午
站在村邊的一個高臺上
我想說，我愛這個村莊
可我漲紅了雙頰，卻怎麼也說不出口
它已經面目全非了，而且我的父親
和母親，也覺得我已是一個外人
像傳說中的一種花，長到一尺高
花朵像玫瑰，長到三尺
花朵就成了豬臉，催促它漸變的
絕不是腳下有情有義的泥土

作者簡介

——雷平陽（1966-），出生於雲南昭通，現居昆明。昭通師專中文系畢業。任職於雲南省文聯。曾獲華語文學傳媒大獎詩歌獎、十月文學獎、人民文學獎、詩刊年度大獎、中國詩歌學會屈原詩歌獎金獎和魯迅文學獎等。著有詩集《雷平陽詩選》、《雲南記》、《基諾山》、《山水課》、《擊壤歌》、《送流水》、《鮮花寺》；散文集《雲南黃昏的秩序》、《我的雲南血統》、《烏蒙山記》等二十餘部。

2006

媽媽，您別難過

朵漁

秋天了，媽媽
忙於收獲。電話裡
問我是否找到了工作
我說沒有，我還呆在家裡
我不知道除此之外
還能做些什麼
所有的工作，看上去都略帶恥辱
所有的職業，看上去都像一個幫凶
媽媽，我回不去了，您別難過
我開始與人為敵，您別難過
我有過一段羞恥的經歷，您別難過
他們打我，罵我，讓我吞下
體制的碎玻璃，媽媽，您別難過
我看到小丑的腳步踏過屍體，您別難過

他們滿腹壞心思在開會，您別難過
我在風中等那送炭的人來
您別難過，媽媽，我終將離開這裡
您別難過，我像一頭迷路的驢子
數年之後才想起回家

您難過了嗎？
我知道，他們撕碎您的花衣裳
將恥辱掛在牆上，您難過了
他們打碎了我的鼻子，讓我吃土
您難過了

您還難過嗎？當我不再回頭
媽媽，我不再乞憐、求饒
我受苦，我愛，我用您賦予我的良心
說話，媽媽，您高興嗎？
我寫了那麼多字，您
高興嗎？我寫了那麼多詩
您卻大字不識，我真難過
這首詩，要等您閒下來，我

讀給您聽
就像當年，外面下著雨
您從織布機上停下來
問我：讀到第幾課了？
我讀到了最後一課，媽媽
我，已從那所學校畢業。

作者簡介

——朵漁（1973-），詳見本書頁一四〇。

拯救火車

2006

劉川

火車像一隻苞米
剝開鐵皮
裡面是一排排座位
我想像搓掉飽滿的苞米粒一樣
把一排排座位上的人
從火車上脫離下來

剩下的火車
一節一節堆放在城郊
而我收獲的這些人
多麼零散地散落在
通往新城市的鐵軌上
我該怎麼把他們帶回到田野

作者簡介

——劉川（1975-），遼寧阜新人，現居瀋陽。現任《詩潮》雜誌主編。曾獲徐志摩詩歌獎、人民文學獎、遼寧文學獎等。著有詩集《拯救火車》、《大街上》、《打狗棒》、《西天的雲彩》、《劉川詩選》等。

2007

如果有來生——再致妻

大解

如果有來生　我還要娶你為妻
在岔路口上截住你　讓你臉紅
我要抓住你的胳膊　領你到山前
在一座瓦房裡成親

我們要生下一兒一女
兒子還叫解飛　女兒還叫解飛揚
當他們長大成人　遠走高飛
剩下我們倆　平靜地過日子
滿足於健康和溫飽
為小小的希望而忙碌
忘記生活的艱辛

如果有來生　我要改變壞脾氣

加倍呵護你　分擔你的苦和累
我要讓你穿最好看的衣服　有足夠的錢
粉刷房屋　修理鍋灶　備足米和柴
用更多的時間陪伴你

我相信來生　你和我不需約定
還會重逢　成為相依為命的恩人
而現在我要做的　是珍惜此生　經歷此生
和你一起慢慢地變老　慢慢地回憶
直到有一天
上帝的使者從身邊經過　帶走我們的靈魂

二〇〇七年十二月十一日

作者簡介

——大解（1957-），原名解文閣，滿族，河北省青龍縣人，現居石家莊。現為河北省作家協會副主席。主要從事詩歌創作，兼及小說、隨筆、寓言等，作品入選三百餘種選本。曾獲魯迅文學獎、屈原詩歌獎金獎等多種獎項。著有詩集《歲月》、《個人史》、《乾草車》、《山的外面是群山》；長詩《悲歌》；小說《長歌》；寓言集《傻子寓言》等。

給沈浩波，和下半身

巫昂

多少人正面、側面、斜對面打聽
你我有沒有上過床
我總是笑而不言
我的笑帶著復旦畢業的淑女風範
聽說你也是笑而不言
你的笑帶著北師大畢業的流氓嘴臉
你的母校也是我的
孩子他爹
人生若只如初見
你穿著深藍燈芯絨，我穿著玫瑰紅格子
《紅樓夢》有場戲形容這種相見
好像在哪裡
見過
那是一九九八年

那時我只和你們喝酒
我幾乎只願意在你們面前喝醉
我們數小無猜
我說極少的心事給你聽
你在酒後使勁搖晃我
「你要學會妥協——」
你是我的柔軟的母體
貝殼裡邊那團肉
我是你脖頸的脆骨
雞身上的

多少年來我不肯鬆懈
繃著脊梁骨
這根永生的琴弦
只因你，你們
這期間我們有時疏遠
我臆想也許再見

你我已風燭殘年
你的孫子叫我奶奶
那時我們的國家也許改變了顏色
但我們過著同樣的生活
你要允許我橫穿馬路
去你家做客
我要在道旁給我們的孫子
買一斤核桃酥

至今我沒有自己的家庭
我對婚姻有偏見
至今我沒有後代
我只想和丈夫一起造人
這是我個人的第二十二條軍規
我想當然覺得
你們組建的家庭都是我的
你們生養的兒女
都跟我有血緣關係

他們臉上至少有一種表情
酷似我在世時的好

每當我丈量樓的高度
橋的高度
Ａ４紙和剃鬚刀的厚度
我都會顧及你，你們
如同顧及林秀莉
我不願意你們過早喪失
親密愛人
我在看一本叫作《憂鬱》的書
預防一切病症在今年出現
今年是二〇〇七年

你，你們是我在這人間繼續
蒸發的無上道理
我將如一道白煙直上青雲
你，你們是我的道德經

塔木德、古蘭經和聖經
你，你們就是我，我們

二〇〇七年九月七日

作者簡介

——巫昂（1974-），詳見本書頁一二四。

2007

美國——密西西比

巫昂

我在密西西比
它的玉米在烈日下曝曬
黑和白胡亂混血
我就在這個狗日的國家
勢利、膚淺，但充滿神奇魅力
我和早於我二百年到達的人
在高速路上相見
任憑他們開著拖拉機
撞壞我的五臟六腑
再迅速南下，直至墨西哥灣

西方壓倒東方
我們的國家被看作爛渣
我們的女人被看作郵寄新娘

我們這輩子被看作瞎混
我們的男女關係被看作苟且
我們的兒女被看作單細胞動物
需要被他們收養

在密西西比，不用穿新衣服
不用刷牙也不會便祕
這片陸地太新了
維基百科全書說：很多東西源自歐洲
新得有些刺眼
一切金屬製品都還來不及氧化
太陽從西邊升起
順著煙囪下滑

這裡的每戶人家有兩輛車
一輛福特一輛豐田
院子分前後左右，面積廣大
但容不下一棵超過五釐米的草

割草機除草劑草耙子
草的天敵是四十歲以上的男人
草的氣味可以發散到一百公里之外
可以讓你不知不覺地懷孕
你會生下一整群
住到另一個新大陸
月球上，月之暗面

已經知道的，我不稀罕
我親自來到你們這裡
就為了知道我不知道的
我不稀罕站著淋浴
蹲著跟小孩說話
我不稀罕每句話都帶口音
加一次油多走五個小時

我不稀罕你用灰藍的眼珠子瞪著我
你的肥胖

超過了磅這個計量單位
我不稀罕被你喜歡上
和你上床
我不稀罕你猜測我的想法
教我關車庫門
我希望更多的第一次
發生在中午十二點
在密西西比的陽光最為強烈的時候

我要打開打開，打開外包裝
錫紙、棉布和麻
用一頭母獸的體溫融化你們這群巧克力
我是你們的母親
你們迅速滅絕
化成新大陸的糞土
請把好風景還給恐龍
把科羅拉多大峽谷交給花旗銀行
把惠特曼鎖在地下室

讓草葉的根穿透我們天靈蓋
請保證我憤怒的權力
保證我的每滴眼淚都有一噸重
它會壓碎骨骼
榨出最混濁的汁——骨髓或精血

壓垮颶風不斷的密西西比
這壓力超過美元
也超過半島電視臺的最新消息
面對這些粗糙得像老鼠的老美
請允許我
用金凱利尖細的嗓音喊你們
HI，MAN，去死吧

二〇〇七年十一月十二日

作者簡介

——巫昂（1974-），詳見本書頁一二四。

老夥計

張執浩

2007

我準備過冬了，而秋天才來
換上拖鞋的時候我沒忘撲掉你前額上的灰
再將你緩緩地放入鞋櫃
老夥計，這一年你太辛苦，載我
去了那麼多地方
前途渺茫，我們不離不棄
不像他們，每天都在更新
我戀舊、老東西、有些鬆垮的人
我還記得
緬甸的黃泥路，和波旁宮前的草坪
更不敢忘記那天正午，我坐在白哈巴的山頂
赤著腳，看你熱氣騰湧
那些皺眉頭的人和你沒有關係
與你發生過關係的

只有淤泥、青草、石子或垃圾，你踐踏過
它們，它們卻成了你的一部分
也與我產生了瓜葛
一年來你我風塵僕僕，彷彿狼與狽
只在後半夜才分開
我從來不曾夢見過你
但每次醒來都見你守在門邊
一副精神抖擻的樣子
只有這一次，在我拉開櫃門的這一刻
才發現
你原本不是你，而是你們
——左右，配偶，陰陽或夫妻
生活的本質在於變形
老夥計，看看現在，你我都已無形可變
你是鬆散的，而我也被歪曲

二〇〇七

作者簡介

——張執浩（1965-），湖北荊門人，華中師範大學歷史系畢業。曾在武漢音樂學院任教，現為武漢市文聯專業作家、《漢詩》主編。曾獲人民文學獎、華語文學傳媒大獎年度詩人獎、陳子昂詩歌獎、魯迅文學獎等。著有詩集《苦於讚美》、《動物之心》、《撞身取暖》、《寬闊》、《高原上的野花》等；長篇小說《試圖與生活和解》、《天堂施工隊》、《水窮處》；小說集《去動物園看人》；隨筆集《時光練習簿》等。作品入選多種選集及中學教材。

落枕者說

張執浩

2007

我已經記不得故鄉的全貌
昨晚，一座山出現在夢裡
為了看它，我落枕了
今天我必須歪著腦袋枯坐
在這裡
天色陰霾，愁雲慘淡
過往的風聲穿插在微弱的心跳聲中
我想像著你飄忽的輪廓
從黑布瓦中滲出來的煙霧，我想像著
雞飛狗跳的黃昏
牛眼依然是清澈的，多情的
還有你們的
那些並不高明的玩笑……
一種近似於痛苦的東西

被我簡化成了疼

二〇〇七

作者簡介

——張執浩（1965-），詳見本書頁一九四。

歷史——致弱冠之年的你們

唐不遇

只有年輕的死者們深知
自己已不年輕，而這首詩的失敗
在於每一行鞭痕都已結痂。

當它被署上名，並被夏天
以悶不透風的聲音朗讀，聽眾們都在遠處
盯著被煙熏成臘腸的鞭子。

為什麼它不變成蛇，順著屋頂的繩子
溜走？它靜靜地吊著，只是
那根繩子上用以記事的

古老的結，沉默如懸掛的窗簾。
窗簾內，有人在燈火下表演吃詩，

用憤怒的嘟囔塞滿嘴巴。

太神祕了。這首詩如果讓坦克來寫
也許將成為傑作，具備血和骨頭的深度。
現在，只有黑夜從玻璃牙縫

擠出毒液，噴在他們眼裡。
而牆上的鐘走著，在均勻的鼾聲中
它將夢見烤火雞一隻。

二〇〇九年六月六日

作者簡介

——唐不遇（1980-），廣東揭西人，現居珠海。中央民族大學畢業。當過農業和文化記者、新聞和副刊編輯，現為公司職員。曾獲「詩建設」詩歌獎新銳獎、赤子詩人獎、廣東省魯迅文學藝術獎等。著有詩集《魔鬼的美德》、《世界的右邊》等。作品收入多種選集。

2009

民工

馬新朝

牆外的男人，戴著柳條帽，他行走的樣子
不會被樹上的鷺鳥
記著

他背著的帆布包，裡邊的
部分內容，被院牆內那個打瞌睡的花工
仔細閱讀

這是傍晚，路燈亮了
他還在向北行走
北邊，是一個跳動著的建築工地
其實，他是走在自己的那個帆布包裡
那裡有一個女人在說話

作者簡介

——馬新朝（1953-2016），筆名原野，河南省唐河人。曾任河南省作家協會副主席、河南省文學院副院長、河南省詩歌學會會長、中國詩歌學會副會長。曾獲莽原文學獎、十月文學獎、河南省政府文學獎、聞一多詩歌獎、魯迅文學獎等。著有詩集《愛河》、《青春印象》、《黃河抒情詩》、《鄉村的一些形式》、《幻河》；散文集《大地無語》；報告文學《河魂》、《人口黑市紀實》等。

2009

我在一個人的內心行走

馬新朝

我在一個人的內心行走，我是我自己的
一個分支，一個移動著的險情
那裡沒有路，沒有住處
只有吃剩下的光
和人臉。黃色細微的
沙漠，放大著我的孤獨和無助
我在一個人的內心行走，被
無故地盤查和審問
他盯著我的腳印，並在後面
很快地抹平。我與他構成了
不確定的對稱關係，一部分在相互吸收
更多的異質，在相互對立和抵制
我在一個人的內心行走
他對我說話的方式，語速，觀點

以及整個存在，很不習慣
我在迷失，憂慮，找不到出口
影子滲進沙土

作者簡介

——馬新朝（1953-2016），詳見本書頁二〇〇。

2009

殺狗的過程

雷平陽

這應該是殺狗的
唯一方式。今天早上十點二十五分
在金鼎山農貿市場三單元
靠南的最後一個鋪面前的空地上
一條狗依偎在主人的腳邊，牠抬著頭
望著繁忙的交易區。偶爾，伸出
長長的舌頭，舔一下主人的褲管
主人也用手撫摸著牠的頭
彷彿在為遠行的孩子理順衣領
可是，這溫暖的場景並沒有持續多久
主人將牠的頭攬進懷裡
一張長長的刀葉就送進了
牠的脖子。牠叫著，脖子上
像繫上了一條紅領巾，迅速地

躥到了店鋪旁的柴堆裡……
主人向牠招了招手，牠又爬了回來
繼續依偎在主人的腳邊，身體
有些抖。主人又摸了摸牠的頭
彷彿為受傷的孩子，清洗疤痕
但是，這也是一瞬而逝的溫情
主人的刀，再一次戳進了牠的脖子
力道和位置，與前次毫無區別
牠叫著，脖子上像插上了
一桿紅顏色的小旗子，力不從心地
躥到了店鋪旁的柴堆裡
主人向牠招了招手，牠又爬了回來
——如此重複了五次，牠才死在
爬向主人的路上。牠的血跡
讓牠體味到了消亡的魔力
十一點二十分，主人開始叫賣
因為等待，許多圍觀的人
還在談論著牠一次比一次減少

的抖，和牠那痙攣的脊背
說牠像一個回家奔喪的遊子

作者簡介

——雷平陽（1966-），詳見本書頁一七二。

詩歌進程

黃毅

在我居住的那個城市
有很多東西在出售
詩歌和來自城鄉結合部的假酒
一同被擺上貨架
我們離詩歌很近
有些人因為秋風和樹葉的恩怨
訓練文字在白紙上廝殺
紛沓的腳步和歇斯底里的歌哭
清晰可聞

而更多的人不住在城裡
他們放牧或種地
看草長成肉變成奶
看莊稼由綠變黃

他們離詩歌很近
一些人在用地產的燒酒解渴
一些人在用最鮮活的冷水魚充饑
有活幹有汗流比什麼都強

寫詩成了少數人的負擔
起夜的農民看到遠方的城市
燈火與燈火不依不饒
他絕沒有想到有幾盞燈
是在為耕種詩歌
而播下的種子

寫詩的城裡人為尋找野性
可以在詩行裡充滿狼的嗥叫
遠離詩歌的牧人
卻用鞭子抽斷
蒼狼的脊梁

作者簡介

——黃毅（1961-），壯族，祖籍廣西，出生於新疆。現供職於新疆文聯，任《新疆藝術》雜誌社社長、《新疆文史》執行主編。曾獲「五個一工程」獎、星星詩歌獎、新疆首屆青年文學獎、西部文學獎、天山文藝獎、全國少數民族文學創作駿馬獎等。著有詩集《傾心花朵》、《黃毅短詩選》、《黃毅世紀詩選》、《等待雪崩》；散文集《骨頭的妙響》、《地皮酒》、《畫境語境》、《亞洲甜蜜之心》、《新疆時間》、《白馬少年》；紀實文學《柏格達死亡大搜尋》等。詩文被海內外多部文集選入。創作拍攝電視連續劇《新疆古麗》、《絲路寶藏》，電影《最後的小站》等，係國家一級作家、中國作家協會會員、中國評論家協會會員、中國電視藝術家協會會員、自治區政府參事室文史館員。

2010

額濟納

楊方

鐵穆爾大哥，這時候要有你的歌聲就好了
這麼大的空曠，只有你的蒙古長調才能填滿
那稀疏村落正升起歌聲一樣起伏的炊煙
斷莖的枯草四處飄零，苦豆都俯低了身子
沿著牆根，一隻甲蟲背著夕陽曬在牆皮上的暖
細細的腿在沙地上留下蜿蜒足跡
多麼像一個孤獨的人背著過冬的糧食
滿足而心無雜念地走在額濟納的天涯

這時候，鳥雀也在飛身離去，北緯四十度的風
吹亂零碎的翅膀，也吹平腳下縱橫溝壑
割倒的紫花苜蓿都向著暗藍的星空微弱呼吸
露水連著白霜。柵欄裡
不能表達的牛和羊學會了相依相偎

鐵穆爾大哥，這時候要有你的酒就好了
可以暖一暖額濟納蒼涼的身子

作者簡介
——楊方（1975-），出生於新疆伊犁，現居浙江。新疆大學中文系畢業。二〇一三至二〇一四年擔任首都師範大學駐校詩人。曾獲華文青年詩人獎、浙江優秀青年作品獎等。著有詩集《像白雲一樣生活》、《駱駝羔一樣的眼睛》；小說集《打馬跑過烏孫山》。在報刊發表作品一百多萬字。

請允許我做一個怯懦的人

劉春

請允許我做一個怯懦的人
不申訴，不抗議，不高聲叫喊
不斜視，不聚眾，不因愛生恨
請允許我一再降低額頭的海拔
面帶微笑，甚至有些諂媚

請允許我做一個自私的人
有人在公園散步，被尖刀抵住脖子
有人晚飯後上街，被搶去錢包
有人徹夜加班，有人把身體獻給老闆
我看在眼裡，隨即把頭扭開

請允許我做一個冷漠的人
那個「躲貓貓」的人，那個被當街打死的人

那個到法庭轉了一圈就被釋放的人
那個被帶離住處從此消失的人
我見過他們，卻默不出聲

請允許我做一個健忘的人
曾被上級要求學習，被親人管得太緊
被朋友揭發，被別人代表
而我掩藏住自己的心、肺和膽
像初秋的大地藏住內心的河流

現在，母親在廚房忙碌，父親在咳嗽
妻子數著越來越薄的薪水
孩子在地板上玩耍
我是否還能安靜地寫字，是否會繼續說——
如果我的靈魂在黑暗中沉默，像一具空軀？

作者簡介

——劉春（1974-），出生於廣西荔浦縣（今荔浦市），現居桂林。廣西師範大學中文系畢業。二〇〇〇年獨立創辦揚子鱷詩歌論壇。現任職於新聞媒體。曾獲華文青年詩人獎、廣西人民政府文藝創作銅鼓獎、北京市文藝評論獎、廣西文藝評論獎、宇龍詩歌獎等。著有詩集《憂傷的月亮》、《運草車穿過城市》、《幸福像花兒開放》；隨筆集《博爾赫斯的夜晚》、《或明或暗的關係》、《讓時間說話》；評論《朦朧詩以後》、《一個人的詩歌史》等。

河流的終點

朵漁

我關心的不是每一條河流
她們的初潮、漲潮，她們的出身、家譜
我關心的不是她們身形的胖瘦，她們
長滿了栗子樹的兩岸
我不關心有幾座水泥橋跨越了她們的
身體
我不關心她們胃裡的魚蝦的命運

我關心的不是河流的冰期、汛期
她們肯定都有自己的安排
我關心的不是她們曾吞沒了幾個戲水的頑童
和投河而去的村婦
她們容納了多少生活的泥沙
這些，我不要關心。

我關心的是河流的終點。她們
就這麼流啊流啊，總有一個地方接納了
她們疲憊的身軀，總有一個合適的理由
勸慰了她們艱難的旅程。比如我記憶裡的
一條河流，她流到我的故鄉時，已老態龍鍾，
在寬大的河床面前　進進退退，欲走
還休。

作者簡介

——朵漁（1973-），詳見本書頁一四〇。

2011

致一隻下午的田鼠

江非

謝謝你，這些年一直陪著我，謝謝
十二生肖中的開始，我從小就認識的朋友
謝謝你的名字，田——鼠——，一個
既有土地，又有生命，既有
植物，又有動物的詞語，既顯示了田野的形狀
又隱藏著你悄悄晃動的鬍鬚，還有你的孩子們
藏在你的腹下，牠們是兄弟、家族和生活
謝謝你陪著我一直來到了這裡，下午的陽光下
我們重又相逢，下午的飢餓中，你讓我看見你
你的樣子沒變，日子依舊，只是多了
一些歲月的滄桑，可是滄桑算什麼
暴雨算什麼，人們隆隆開過的鏟車算什麼
你有一個好名字，田——鼠——，你是
田野真正的主人，田野上偉大的演講家

你有一篇迷人的演講，和一隻崇高的手風琴
你只是旅行，來到這兒，空著手，獨自一人
在一片喧囂與蒼茫中，插入你的身影與名字
讓關係有一些失衡，光線有一些顫動，以小小的
身軀和活力，顯示了家譜和生命，數學和命運
你是一個、單位，一個顯明的名稱：田——鼠——
一種固定的生活、一種限制，和讓穀物和洞穴相互
呈現的動力和政治，讓鷹從天空抵達地面
戰爭和政府在宗教的濕氣中突然形成
你在演講中說食物，食物多麼重要，食物
就是你的一生，食物就是你的思想，形體
只是為了更好的適應進食，思想卻躲避一切
你說你今天餓了，所以出來旅行，旅行
就是飢餓，一切都是源自飢餓，包括你的名字：田——鼠——
它和你步行而來，它是你的理性、身分、靜物
和位置，一隻田鼠死後的去處，但是此刻
你還活著，你來了，猶如一個雨點到達了它的低地
我看見了你，不，也許是你在看著我，或者

我們相互看著，我們，一個器具面對另一個器物
一種精神面對另一種精神，一個問題回答另一個
問題，田——鼠——，我羨慕你的姿態，喜歡你的
音調，你明晰的節奏在光亮中飛翔，然後
跟隨著光同時消失，我突然感到了溫暖，你重複著腳
與回憶，田——鼠——，你按照自己的方式在搜集
和觀察著那些有光暈的事物，面對這個跳舞的時代
一個幽會和統治中的事件，我也必須重新思考
聲音與語言，行動與臺詞，形象和領地，田——鼠——
你的話，讓我看到了一個地鐵中充滿了想像力的孩子

二〇一一年十月二十日

作者簡介

——江非（1974-），原名王學濤，山東臨沂人，現居海南。現任海南省作家協會副主席、海南省文藝評論家協會副主席。曾獲華文青年詩人獎、揚子江詩學獎、屈原詩歌獎、徐志摩詩歌獎、海子詩歌獎、北京文學獎、茅盾文學新人獎等。著有詩集《夜晚的河流》、《白雲銘》、《獨角戲》、《紀念冊》、《傳記的秋日書寫格式》、《傍晚的三種事物》、《一隻螞蟻上路了》等。

馬槽之火

江非

有時候我會想起那些過去的馬，牠們站著，眼睛眺望著遠方
蹄子在地上濺起看不見的波浪
我提著一盞小小的馬燈，夜裡從牠們的身邊路過
看見一種生靈把頭伸進寬大的馬槽，獨自咀嚼著生活的乾草
我看見牠們站在馬槽的邊上
頸子垂向下方，頭緩緩地臨近一個長方形的器物
鼻孔突然打出響亮的鼻息
我想起那時我正提著馬燈到田野上去
那裡還有未停止的勞動，父母和鄰居們
在用乾草和樹葉燃起另一堆旺盛的馬槽之火
它在田野上，比那個真實的馬槽更加幽祕，更加誘人
彷彿在燒製著一個嶄新的馬槽
散發出了濃濃的馬糞與草料的味道
那時我沿著一條長長的河沿和田埂走著，以一朵小小的火苗

去接近那堆更大的火，以一匹小馬的步子
走向那火焰裡跳躍、舞動和灼熱的馬群
我看見了那馬槽之火在田野上徹夜燃燒，直至潮濕，彷如田野的眼睛
我目睹了那些古老的火焰早已熄滅，而燃燒還在，言語結束，而真理還在

二〇一二年四月十五日

作者簡介

——江非（1974-），詳見本書頁二一九。

吃塔

西娃

在南方的某個餐桌上
一道用豬肉做成的
紅亮亮的塔
（我寧願忘記它的名字）
出現的那一刻起
我的目光
都沒有離開過它

桌上其他的菜肴
彷彿成了它的參拜者
我亦是它的參拜者
接下來的那一刻
我想起我的出生地
西藏

多少信眾在圍繞一座塔
磕長頭，燒高香
我曾是其中的那一員
現在我是其中的這一員

許多年來，我一直保存著
對塔廟神祕的禮儀
也保存著對食物諸多的禁忌
看著，這豬肉做的
紅亮亮的塔
我知道了人類的胃口：
他們，可以吃下一切可吃下的
亦將吃下一切吃不下去的

當他們舉箸，分食著
這豬肉做成的
紅亮亮的塔
我沒聽到任何的聲音

卻彷彿看到塵煙滾滾
我們的信仰與膜拜
正塞滿另一人類的食道裡
他們用百無禁忌的胃液
將之無聲消解

二〇一二年七月二十日

作者簡介

——西娃（1972-），生於西藏，長於李白故里，現居北京，玄學愛好者。曾出版過長篇小說《過了天堂是上海》、《情人在前》、《北京把你弄哭了》。二〇一六年出版首部詩集《我把自己分成碎片發給你》獲得首屆李杜詩歌獎貢獻獎；〈外公〉、組詩〈或許，情詩〉入選臺灣大學國文教材。李白詩歌獎大滿貫得主。曾獲《中國詩歌》二〇一〇年十大網路詩人、《詩潮》二〇一四年度詩歌獎、二〇一五年駱一禾詩歌獎、《詩刊》首屆中國好詩歌獎、二〇一七年磨鐵年度十大最佳詩人。詩歌被翻譯成德語、印度語、英語、日語、韓語。

2012

養鶴問題

陳先發

在山中，我見過柱狀的鶴
液態的、或氣體的鶴
在肅穆的杜鵑花根部蜷成一團春泥的鶴
都緩緩地斂起翅膀
我見過這唯一為虛構而生的飛禽
因她的白色飽含了拒絕，而在
這末世，長出了更合理的形體

養鶴是垂死者才能玩下去的遊戲
同為少數人的宗教，寫詩
卻是另一碼事：
這結句裡的「鶴」完全可以被代替
永不要問，代它到這世上一哭的是些什麼事物
當它哭著東，也哭著西

哭著密室政治，也哭著街頭政治
就像今夜，在浴室排風機的轟鳴裡
我久久地坐著
彷彿永不會離開這裡一步
我是個不曾養鶴也不曾殺鶴的俗人
我知道時代賦予我的痛苦已結束了
我披著純白的浴衣
從一個批判者正大踏步地趕至旁觀者的位置上

作者簡介

——陳先發（1967-），詳見本書頁一三六。

預期的樓蘭

黃毅

在預期的時間裡
駝隊沒有出現
遠嫁的公主和她的老僕
沒有出現
猴子和茴香　一個
逃進山裡　一個
在野地發芽　自生自滅
只有樓蘭佇候
以一個遠眺的身影
注明滄桑時日
城門咿呀開啟
有袈裟款款飄入
寺院的鐘聲依次迢遞
手中的錫杖氣定神閒

佛法被提至中午的高度
沙雀一聲啁啾
天驀然便黑了

城門咿呀開啟
有華麗的馬車嘚嘚而出
踏青的少女和她的願望
一同撲向郊野
那裡野花正灼灼
那裡剽悍的狩獵者
他的投槍正蓄勢待發

而黃昏悄然熄滅
黃沙裹挾著星辰從天而降
滅頂之災突至
被沙覆蓋的樓蘭
唯有佛塔在眾沙之上
開釋玄妙一指

哦　消失於何種時空的樓蘭
讓誰的懸想多於考證
雅丹是一種暗示
木簡之上簡約的文字
製造著另一時空的繁複
只有走街躥巷的瞽目歌手
在他的歌中　流傳著樓蘭
流傳著另一個復活的美女

在預期的時間裡
預期的樓蘭不想成為廢墟

作者簡介

——黃毅（1961-），詳見本書頁二〇八。

第一次進入女澡堂

謝小青

在鄉下，我們關起門，用木盆洗澡
我的祕密也越洗越大
上大學後，第一次進入女澡堂
心跳就加快。我好奇地打量別人
再慢慢地脫衣服，動作僵硬
當我如剝開的春筍，鄉村就曝光了

那些小女孩如風中搖曳的花蕾
我的童年，只在水塘邊泛起天真的浪花
而剛剛發育成熟的少女
胸脯上倒扣著兩個白色小瓷碗
蓮蓬頭在下雨，與鄉下的雨一樣
在少女的身體上畫出弧線
好多事情，就這樣溫熱地流過

那些教師，人到中年
身體臃腫，肚子鼓起如懷孕三月
乳房下垂，秋風裡開始乾癟的絲瓜
她們取下眼鏡後，世界就一片茫然
那些老人則像我的奶奶
動作遲緩，不言不語
她們老得只剩下布滿條紋的花崗岩
與葉芝寫的那首傳世詩歌也沒有什麼關係

在澡堂，我看到了自己的一生
對未來反倒少了一些恐懼
昨天已經過去，明天孤獨夕陽
今天病樹前頭萬木春，乳房膨脹

作者簡介

——謝小青（1988-），出生於湖南冷水江，現居長沙。曾獲「紫金・人民文學」詩歌一等獎、《星星》年度詩人獎、湖廣詩會年度詩人獎等。著有詩集《起風了》、《無心地看著這一切》。

喝酒服藥掃墓寫詩

嚴力

倒上一小杯威士忌
就想起西方的某類電影
想起拔槍的動作
想起扶貧除惡更想起殖民地
端起黃酒
就想起中國江南的陰濕地理
想起中醫對身子骨的陰陽調理
想起三妻四妾更想起古裝戲

每次服藥就會想起
封建的階級病毒屢次發作
想起不少人為自己開了
那款名叫自殺的良藥
更想起古往今來的各路明星

倒在名叫掌聲的藥裡

每次掃墓
就想起墓地之外的魂
想起冤屈的錯假病例
更想起一些焚書者
還在史書中享受英雄的待遇

每次寫詩就會想起
被御用史學家故意跟丟的文字
更想起有些文字因長久的閒置
而改變了自己的筆畫和發音

二〇一二年九月六日

作者簡介

——嚴力（1954-），祖籍浙江寧海，出生於北京。旅美畫家，紐約一行詩社社長。一九七三年開始詩歌創作，一九七九年開始繪畫創作並成為星星畫會的成員。一九八五年留學美國，一九八七年於紐約創辦一行詩社並主編《一行》詩歌藝術季刊。二〇〇九至二〇一五年主持每年一次的北京中華世紀壇中秋國際詩會。二〇一八年出任紐約「法拉盛詩歌節」主任委員，並出任紐約「海外華文作家筆會」會長。著有詩集《這首詩可能還不錯》、《黃昏製造者》、《嚴力詩選》；小說《紐約不是天堂》、《遭遇9・11》；散文集《與紐約共枕》、《歷史的撲克牌》等。作品被翻譯成多種文字。曾在海內外舉辦個人畫展，畫作被美術館和個人收藏家收藏。

你忘了鎖門

嚴力

你忘了鎖門
如果沒有竊賊光顧
你也會想像出幾個小偷
因為你忘了鎖門
就可能被自己的隱私
檢舉成一個壞人
你忘了鎖門
渾身失去了自在的感覺
因為你忘了鎖門
誰也攔不住你
從任何地方急著趕回去
你忘了鎖門
就像沒穿衣服
器官無法停止害羞

你忘了鎖門
世界處於陰陽失調的不安中
因為你忘了鎖門
勃起的鑰匙
恨不得變成褲襠的拉鎖

二〇一二年十一月五日

作者簡介

——嚴力（1954-），詳見本書頁二三五。

論新疆

沈葦

現在，他們和數碼相機
一起到達，在他鄉風景
和異域風情裡，迷失自己
現在，新疆變成一顆鷹嘴豆
在一鍋羊肉湯裡沉浮，然後熟了
要有足夠多的羊肉和羊肉湯
才能找到美味的可能的鷹嘴豆
新疆是被運走的一車車葡萄紅棗
一車車異域歌舞、一車車煤炭燃氣
在「看」之前，他們已品嘗「新疆」
就像吃下一個美夢，然後問：
「這種美味，出自何方？」
於是，他們萬里迢迢尋找新疆
像尋找一種食物、一劑藥方

在一張公雞地圖上，找到一個尾翎
一不小心越過俄羅斯到達北極
他們抱怨這裡太冷，而公雞下的蛋
一個古爾班通古特，一個塔克拉瑪干
那裡的荒涼讓人絕望並且走投無路
現在，新疆從一串鮮葡萄變成葡萄乾
新疆像風滾草在無垠的曠野滾動
新疆變成明信片，躺在數碼相機裡
像「樓蘭美女」一樣四處展覽
昆侖已是廢墟，時光深處的一堆廢墟
把玩和闐美玉的人，已淡忘祖地記憶
而一個移民，一個丟失來路去蹤的人
突然變成異鄉的本土主義者
……或許他們前世到過新疆，當他們
還是駱駝客、牧羊人、戍士的時候
或許他們從未來到新疆，就像——
塞菲里斯的海倫，從未到過特洛伊

二〇一三年

作者簡介

——沈葦（1965-），詳見本書頁一四六。

我告訴兒子

徐敬亞

在你誕生的時候
有人在下棋
輸掉了開闊地之後
我們站在星星上向天空開槍

記住
是冰和石頭組成了你
而水與灰塵的粉末
要靠你的一生去轉化
把溫度交給另一個人
這算不了什麼
我最先給你的只是一隻耳朵
你應該聽到
總有人喊你的名字

那一天
白蘭花低著頭穿過玻璃
很多人什麼也不說
就走了
在你的面前
將有一個長得很醜的人
冷笑著，坐下來喝酒
那是我生前不通姓名的朋友
他和我，一輩子也沒有打開一隻盒子

在我的時代
香氣，苦澀、悠揚
貝多芬的鬃毛，樂曲般拂起
我卻從來沒有開心歌唱過
爸爸不是沒有伸出手
最後，我握著的
仍然是自己的全部手指
只有心裡的風，可以作證

我的每一個指紋裡
都充滿了風暴

你的父親
不是一個溫和的人
這個人的溫度，全部被冰雪融化
我一生也沒有學會點頭奉承
正因為我心裡想的太好
所以說出的話總是不好
我一生用左手寫字
握手時卻被迫伸出右手
兒子啊
這是我在你生前，就粗暴地
替我們家庭選擇的命運
我，已經是我
你，正在是你
但我還是要告訴你
別人向左，你就向右

與別人相反
多麼富有魅力！
我的力量
總有一天會全部溜走
當你的肱二頭肌充血的時候
我正與你的力量約會
和對手握手時
要把墨水悄悄印在他的手上
被我忍住的眼淚
將會成為你流淌的金幣
我不會離開你
我將暗中跟蹤你走遍天涯
兒子，不管我在，還是不在
上路之前，都要替我
把皮鞋擦得格外深沉

你的功勛
注定要在上午升起

地毯的圖案突然奔向大門時
你要立刻追趕
那時，你會聽到
我在糯米紙裡為你沙沙歌唱

一個人
一生渡過不了幾條河
我學不會的沉默
才是一架最偉大的鋼琴
明天，或者下一個明天
還會有人敲你的門
你不用想
就要站起來
是一個漏掉的紐扣使我突然堅定
我要靠你的目光
擦拭我不願彎曲的脊背
你要沿著龍骨的線條尋找女人
男人

可以使水向上走

你的父親
一生也沒有學會偷偷飛翔
我把折斷的翅膀
像舊物一樣贈給你
願意怎麼飛就怎麼飛吧
你是我變成的另一隻蝴蝶
是一個跌倒者加入了另一種力量的奔跑
你的心臟
是我與一個好女人撒下的沙子
願意怎麼跳就怎麼跳吧
兒子，父親要求你
在最空曠的時候想起我
一生只想十次
每次只想一秒

我多麼希望

你平安地過完一生
可是生活總是那麼不平
某一天，當大海揚起波濤
我希望
你，恰好正站在那裡
我再說一遍
有人喊你的名字時
你要回答
兒子啊，請記住
你應該永遠像我的遺憾
一樣美

作者簡介

——徐敬亞（1949-），吉林長春人。吉林大學中文系畢業。一九八五年遷居深圳。曾任吉林省《蔘花》編輯、《深圳青年報》編輯、海南大學詩學中心教授等。曾獲《星星》二十周年詩歌獎、「二〇〇七年中國詩歌排行榜」年度詩歌批評家等。著有詩歌評論《崛起的詩群》、《圭臯之死》、《隱匿者之光》；散文集《不原諒歷史》等。曾主編《中國現代主義詩群大觀（一九八六—一九八八）》。

菩薩

楊慶祥

2014

菩薩
如果今夜無眠
你會選擇三千羅漢中的哪一位
陪你誦經——暗暗歡喜
或者守身如玉，同樣暗暗歡喜

菩薩，菩薩
你端坐青海，看著我整個祖國
你斜倚寧夏，也看著我悲傷的祖國
同樣悲傷的是
我的雙目、雙手
我已經鬆弛的——
阿彌陀佛

菩薩，我多想生於緬甸、越南、老撾
我多想在甘南隴西撒泡尿
一個隨便的異端
或許讓你心生愛意
或許你會寬衣解帶
念我如念一串手珠、一截柳枝
你南我北，你上我下
噓——
唵嘛呢叭咪吽

菩薩啊菩薩
色就是色
空是不空
請許我叫你姊姊
叫你觀音

二〇一四

作者簡介

——楊慶祥（1980-），籍貫安徽省安慶市宿松縣。中國人民大學文學院教授，博士生導師。詩人，批評家。曾獲中國年度青年批評家獎、上海文學獎、人民文學詩歌獎、唐弢青年文學研究獎、十月青年作家獎、馮牧文學獎等。著有詩集《這些年，在人間》、《我選擇哭泣和愛你》；隨筆《80後，怎麼辦》；評論《重寫的限度》、《分裂的想像》、《社會問題與文學想像》等。

我弄響了樹葉和他的靈魂

韓文戈

我從那些叫年、月、日的物質中穿過，
它們方方正正，被碼起。
它們的縫隙間，我遇到吹來的風。
遇到一些叫喊的賊，一些安靜的瘋子，
一些未來的向日葵。
遇到自稱我朋友的人，一些醜陋的敲鐘人。
我遇到另一個我，長長的影子，抖動風聲：
我踩住我的影子，有時它尖叫，就像金屬被折斷。
我活在陰影與大塊陽光之間，陷在最深處，
直到底下的水聲把我輕輕浮起。
在玫瑰與枯枝之間，意義與虛無之間
我走過很多寂靜的地方，
比如古戰場與村莊之間
山谷與河灣之間。

在那些巨大喧囔之上，是廣闊而厚重的寂靜。
那些寂靜是萬物的最後回聲。
我會遇到死在我前頭的人，他不經意地回頭
看到雨正擦淨他一生的痕跡。
當我走過
我弄響了樹葉和他的靈魂
那是他從前的書寫紛紛叫出聲來，一隻貓
跳過落葉和塵煙。在閏月，
在流年。

作者簡介

——韓文戈（1964-），河北豐潤人，現居石家莊。河北大學中文系畢業。一九八二年開始詩歌寫作並發表第一首詩。曾獲中國詩歌排行榜獎、李白詩歌獎提名獎、中國田園詩歌獎、孫犁詩歌獎，以及《十月》、《青年文學》、《詩選刊》等雜誌年度詩人（作家）獎。著有詩集《吉祥的村莊》、《漸漸遠去的夏天》、《晴空下》、《萬物生》、《岩村史詩》等。

個人史

時間使我變厚　它不斷增添給我的
都有用　有時我穿過一個個日夜
回到遙遠的往昔　只為了看望一個人
有時我把一年當作一頁翻過去
忽略掉小事
和時光留下的擦痕
歲月被壓縮以後擠掉了太多的水分
能夠留下的不是小幸福就是大遺憾
有時我把十年當作一個章節
倒退五章　我就回到了幼年
人生就像一本書　當人們讀到最後
把書卷輕輕地合上　看到我過於菲薄
我只能深深地抱歉
有時我把百年看作一世　萬年過去

我就是生命潮水退落後
留在岸上的一粒沙子
百萬年後　我才能回到神的手上
成為一粒真正的灰塵

作者簡介

——大解（1957-），詳見本書頁一八〇。

聽某老將軍回顧抗戰

劉立雲

他們用比我們提前一百年的鋼鐵打我們
又用比我們退化三千年的
野蠻、凶悍和殘暴
殺我們。他們訓練有素，精通操典
和武士道，槍法百步穿楊
如若陷入絕境，不惜刎頸、切腹、吞劍

只有熬。只有在血泊裡熬，在刀刃上熬
只有藏進山裡熬，鑽進青紗帳裡
熬。只有把城市熬成廢墟
把村莊熬成焦土，把黃花姑娘熬成寡婦
只有在五十個甚至一百個膽小的
人中，熬出一個膽大的
不要命的。只有把不要命的送去打仗

熬成一個個烈士。只有就像熬湯那樣熬
熬藥那樣熬。或者像煉丹
煉鐵，煉金，煉接骨術和不老術
只有熬到死，只有死去一次才不懼死
只有熬到大象不再是大象
螞蟻不再是螞蟻
只有熬到他們日薄西山，我們方興未艾

只有把一個大海熬成一鍋鹽，一粒鹽……

作者簡介

——劉立雲（1954-），江西井岡山人，江西大學哲學系畢業。曾任《解放軍文藝》主編、解放軍出版社文藝圖書編輯部主任、《詩刊》主編助理等。曾獲魯迅文學獎、《詩刊》年度詩人獎、《人民文學》及《十月》優秀作品獎、聞一多詩歌獎等。著有詩集《紅色沼澤》、《沿火焰上升》、《烤藍》、《生命中最美的部分》、《眼睛裡有毒》、《大地上萬物皆有信使》、《劉立雲詩選》、《金盔》；長篇紀實小說《瞳人》；紀實文學《一九四九：淨化大上海》、《血滿弓刀》等。

2017

玉米地

陳亮

父親的身影兒在變綠，變綠，綠——
漸漸融入那片長滿鬍鬚的玉米地
扔下我一個小人兒
在地頭望著大海一樣深的玉米
是一動也不敢動了
但父親幹活的聲音
很快就會讓玉米葉子放大了傳遞過來
嚇退了夢中的大灰狼
那聲音有時候哪怕只停頓一刻
我也會如小羊般呼吸緊張的
朝著他隱身的地方大喊大叫
這時，父親就會帶著旱菸和汗酸味兒
笑著拱出來，撫摸著
我抖動的嫩肩膀

這才知道，父親是在歇息
用抽一袋菸的工夫或擦鋤的工夫
後來有一回，我在地頭
喊破了嗓子父親也沒有出來
玉米們就拽著我跑了進去
父親軟軟倒在那裡，我咬著牙
也沒能把他扶起來
玉米們難過了好長時間都沒出聲
——今天，我也在玉米地裡幹活
兒子在地頭上熱烈的玩耍
不用擔心他會害怕
因為這時玉米還很矮，還吞沒不了人

作者簡介

——陳亮（1975-），山東膠州人。曾就讀於魯迅文學院。現為《詩探索》雜誌詩歌編輯。曾獲華文青年詩人獎、李叔同詩歌獎等。著有詩集《鄉間書》、《陳亮詩選》等。作品入選《中國新詩百年百首》、《建國六十年文學大系》、《詩刊創刊六十年詩選》等百餘本詩歌選集。

快活的羊胛骨

阿頓・華多太

還在羊身上的時候，你支撐著
四分之一的羊身子，讓羊啃食
一千年前的草，徘徊在一千年前
主人的目光所及之處
最後羊死了，你卻獲得了新生

一千年前的巫師剔盡你身上的肉
將燃燒的艾草在你上面跳舞
艾草彈跳的聲音裡有上天的神喻
使你的身子骨裂開紋路
成為文字，我祖先所用的古文

你安靜地躺在一張木桌上
一千年後的燈光照耀著你

我不能用放大鏡會冒犯你
讀你的時候，鼻尖幾乎把觸到了文字
黴味的灰塵幾度讓我鼻翼翕動

你承載了一份購馬合同
承載了當事人雙方，馬的毛色和斑紋
貨幣單位，和三位長官
五個人的名字，以及五個指紋
和鼠年孟春三日的落款

一把小小的鑰匙
卻能打開古老的文明之門
你告訴了我，那個年代的母語
是一面旗幟，獵獵飄揚在每一個角落
而當下，我們的字母已噎在了
很多族人的嗓門眼裡

在這裡，你是快活的

就像一個小天使，我要感謝你
躲過那些肆虐的盜墓賊
來到考古所。二〇一七年的今天
你又讓每一顆字跳躍了一番
落到我的眼前，這面Ａ４的白紙上

作者簡介

——阿頓．華多太（Pardotar．Adong, 1971-），藏族，出生於青海循化道幃鄉。西北民族學院藏語言文學畢業。譯審。著有詩集《憂鬱的雪》、《雪落空聲》；譯著有散文集《山那邊》、詩集《火焰與詞語》和《白瑪措詩集》。

華 文 文 學 百 年 選 16

華文新詩百年選 • 中國大陸卷 2

國家圖書館出版品預行編目（CIP）資料

華文文學百年選 . 中國大陸卷 / 陳大為、鍾怡雯主編 . -- 初版 .
-- 臺北市 : 九歌 , 2019.12
面；　公分 . -- (華文文學百年選 ; 16)
ISBN 978-986-450-270-7 (第 1 冊 : 平裝). --
ISBN 978-986-450-271-4 (第 2 冊 : 平裝)
831.8　　108018855

主　　編 —— 陳大為、鍾怡雯
執行編輯 —— 杜秀卿
創 辦 人 —— 蔡文甫
發 行 人 —— 蔡澤玉
出　　版 —— 九歌出版社有限公司
臺北市 105 八德路 3 段 12 巷 57 弄 40 號
電話／02-25776564・傳真／02-25789205
郵政劃撥／0112295-1

九歌文學網　www.chiuko.com.tw

印　　刷 —— 晨捷印製股份有限公司
法律顧問 —— 龍躍天律師 ・ 蕭雄淋律師 ・ 董安丹律師
初　　版 —— 2019 年 12 月
定　　價 —— 340 元
書　　號 —— 0109416
I S B N —— 978-986-450-271-4